冷酷CEOは秘書に溺れるか？

プロローグ

病院には、独特の空気がある。

シャンデリアの煌《きら》めく吹き抜けの天井や、クラシック音楽が流れる待合室、所々にバランスよく置かれた観葉植物、壁面に飾られた大きな絵。

新しく建てられたばかりの総合病院は、まるでホテルのような雰囲気だ。

けれど、白衣を着たスタッフや、車椅子に座る患者さん、どことなく漂っている消毒薬の匂いは、ここが病院であることを否《いや》が応《おう》にも知らしめる。

私、関崎凛《かんざきりん》は見舞い客専用の入り口をくぐり、腕に抱えたバッグを持ち直した。中身は仕事関係の資料と経済誌、経営に関する書籍類だ。

この病院の特別フロアに、私の勤める会社のＣＥＯである溝口《みぞぐち》さんが入院している。彼は大手不動産会社を退職した後独立し、今の会社を築き上げた。事業内容は、不動産開発や地域再生、新しいビジネスモデルの提案など。様々な分野でイノベーション事業を手掛けるベンチャーだ。

シャッター街になりかけていた商店街を立ち直らせたり、過疎化が進む地域を再開発したり、売り上げが落ちた飲食チェーン店を盛り上げたり、といったことをしている。

生まれ変わったように活気づいた地域や、これまで以上に売り上げを伸ばした店舗などが出ると、その都度マスコミに騒がれるぐらいには知名度がある。

私は数年前に秘書課に配属され、ついこの間までCEO専属秘書だった。

どの会社のトップもそうだろうけれど、CEOである溝口さんもやはり仕事人間で——私は彼の秘書としてそばにいて、健康にも気を配っていたつもりだった。休むだけでは戻らない顔色の悪さに、無理やり人間ドックの予約を入れたのも私だ。

溝口さんは苦笑しながら『関崎さんがそこまで心配するなら』と人間ドックを受診してくれた。

結果、彼はこうして入院することになり、私は彼の秘書として毎週末この病院を訪れては、会社の状況を報告していた。

院内を進み、特別フロアのある階でエレベーターを降りる。いつもはしんと静まり返っているナースステーションが、ほんの少しざわついていた。私は首をかしげながら、いつもと同じようにカウンターで面会者名簿に名前を記入した。

「そんなに素敵な人だった？」

「見るからに上等な男って感じだったわよ。帰る時にでも見てみれば？」

ナースたちがささやき声で交わすその会話で、なんとなく落ち着かない雰囲気の理由がわかった。

見舞い客にイイ男でもいたんだろう。

私の存在に気づいた年配ナースが、わかりやすく咳払《せきばら》いして会話を交わす彼女たちを窘《たしな》める。私は知らぬふりをしてボールペンを置いた。ふと見ると、名簿の数行上に見覚えのある名前があってドキッとする。

――つい先日会社で、溝口さんの長期休養と新しいトップの就任が報告された。面会者名簿には、神経質そうな字体で、その新CEOの名前が書かれていた。

「出てきたみたい！」

ナースステーションに駆け込んできた一人のナースが、同僚たちに小さく声をかける。彼女たちの視線がカウンターの外に向けられた。

特別フロアのある方向から、一人の男性が姿を見せる。

上質そうな濃紺《のうこん》のスーツに、均整のとれた体躯《たいく》を包んでいる。きちんと締《し》められたネクタイには一分《いちぶ》の隙もなく、硬質な空気がまとわりつく。一瞬で人目を引く存在感に加えて、端整《たんせい》な顔立ち。

普段真面目に仕事をしているナースたちの視線を奪うのも頷ける男だった。

彼はナースステーションからの視線を感じたようだが、気にしたふうもなく一瞥《いちべつ》してそのまま私の横を通り過ぎていった。

瞬間、私の背中にぞくぞくっと悪寒《おかん》が走る。

会ったのは今日が初めてだけれど、私は彼を知っていた。

写真嫌いだという彼の画像は、インターネットにも載っていなかった。でも社内の誰かが写真つきの小さな記事を見つけてくれたおかげで、おぼろげながらも風貌《ふうぼう》を目にすることができたのだ。

また、写真以外の情報はかなり見つけられた。高校生の頃は全国模試でトップクラスだったとか、剣道の大会で優秀な成績をおさめただとか。留学先の大学でも経済関係の論文で学会誌に載っただとか、ずっと海外で経営コンサルタントとして活躍してきたとかいう、華々しすぎる経歴も耳に入ってきた。

学生時代に数学オリンピックなるものに出場した経験もあるほど数字に強く、ありとあらゆるものを数値化して、データにすることによって経営改善をすすめてきたらしい。

彼に救われた企業はいくつもある。

三十五歳の若さで様々な実績を残しているほど優秀なコンサルタントで、イケメンで独身と三拍子そろえば、社内が騒ぐのも仕方がないとは思っていた。それでも私は大半の噂を適当に聞き流し、あまつさえちょっと大げさなんじゃないかと考えていたのである。

でも——

「あれが、氷野須王《ひのすおう》……」

実物は、想像以上だ。二十九年生きてきて、こんな完璧そうな男に会ったのは初めてだ。

あの男が……今度、我が社のCEOとしてやってくる。

ナースステーションには一瞬でピンク色の空気が漂ったけれど、私の腕には鳥肌が立っている。

……もしかして、完璧すぎて生理的に受けつけない——とか？

「できるだけ近づかないようにしよう」

私は腕をさすりつつ、小さく呟いた。

特別室のこげ茶色の引き戸をノックすると、低くやわらかな声で「はい」と返事がある。その声音で、私はほんの少し肩の力を抜き、室内に入った。

――大丈夫、思ったより溝口さんの声は落ち着いている。

溝口さんは考え事をしている時、声のトーンが落ちる。機嫌がいい時は明るい。そんな判断をすることも、もうないんだな、と思うと胸がつきんっと痛んだ。

さっき氷野須王を目《ま》の当たりにして、彼が我が社のＣＥＯとしてやってくるのだと実感してしまったから……

「失礼します。おかげんはいかがですか？」

「こんにちは、関崎さん。体調は大丈夫だよ」

そう言って溝口さんは、私を安心させるような穏やかなほほ笑みを浮かべる。

――つい数ヶ月前まで、五十歳近いとは思えないほど若々しかった溝口さん。黒々とした艶《つや》のある髪も、がっしりとした体つきも、出会った頃からあまり変わっていなかった。わずかに増えた、目元の小さな皺《しわ》だけが時の流れを感じさせたくらいだ。

けれど今は、その面影が消えつつある。

「ついさっきまで氷野くんが来ていたんだよ。廊下ですれ違ったりしなかったかい？」

私は「いいえ」とだけ答えて、持ってきたバッグをテーブルの上に置いた。

溝口さんの入院している部屋は特別室のため、大きなベッド以外にソファセットや簡易キッチンが設置されている。豪奢《ごうしゃ》な刺繍《ししゅう》のカーテンやソファだけ見れば、この部屋は本当にホテルのような空間だ。

「持ってきた書籍は、こちらの棚にしまって構いませんか？　資料や雑誌はいつもの場所に置いておきますね」

「ああ、それで構わない。それに……」

溝口さんがなにか言いかけたので、バッグから中身を出していた手を、思わず止める。

「会社の資料はもう必要ない。関崎さんがまとめたこれまでの資料も合わせて、氷野くんに渡してくれるかな」

「でも！」

反射的に口にしたけれど、それ以上は言葉が出てこなかった。

だって、わかっていたから——いつか必要ないって言われる日が来るって。

入院して毎週末訪れる私に、溝口さんが苦笑していたのも知っている。

遠まわしに、毎週来る必要はないと言われても、私は『相談したいことがある。報告したいことがある』と食い下がり病室に来ていた。

私は縋《すが》るように溝口さんを見る。

そう、わかっている。

溝口さんの髪に一気に白いものが増えたことも、首筋が痩《や》せてきたことも、声に張りがなくなってきたことも。

仕事をしている場合じゃない。会社を気にかけている場合じゃない。自分の体を第一に考え、病気と対峙《たいじ》することが今の彼には必要だ。

「会社はもう私のものじゃない。氷野くんに、そして君たちに任せた。だから資料は必要ない」

溝口さんの静かな口調に胸がざわめく。

——人間ドックなんて、すすめなきゃよかった？　でも、そうしなかったら病気はわからなかった。

とはいえ、こんな形で彼の隣を離れることになるなんて……

唇を噛んで俯《うつむ》く。

会社は溝口さんの手から離れた。そして後を引き継ぐのは、あの男——

氷野須王。

「その資料は氷野くんに渡してほしい」

「……はい」

「私を支えてくれたように、彼を支えてくれるかい？　凛ちゃん」

私は、がばっと顔を上げて溝口さんを見た。

久しぶりに、そう愛称で呼ばれた瞬間——ああ、溝口さんはもう私の上司ではなくなったのだと、私は彼の専属秘書ではなくなったのだと思った。

それじゃあ、今度は、あの男の専属秘書になる？

私があの男を支える？

……なんとなく、嫌だ。私は溝口さんを支えたくてＣＥＯ専属秘書になったんだもの。今はまだ、溝口さん以外の下につく自分なんて想像したくない。

だからって、今の溝口さんに『わかりました』なんて嘘をつくことも、『あの男を支えるのは嫌です』なんて本音を言うこともできない。

泣きそうな表情を隠して、私は秘書の仮面を張り付ける。

「私にできることは、精一杯努めます。溝口さんも、してほしいことがあったら遠慮なく言ってくださいね」

そして、にっこり笑ってみせた。

私の曖昧《あいまい》な返答に苦笑しつつも溝口さんは「じゃあ、時間がある時にはこうして、お見舞いにきてもらおうかな。入院生活は退屈だから話し相手をしてもらえたら嬉しいよ」と言ってくれた。

……新CEOの専属秘書。命じられれば従うしかないのが会社員だ。

けれどあの男には、できれば近づきたくない気がする。

溝口さんと話しながら、私は心の中でなんとかならないものかと、あれこれ考えていた。

第一章　CEOと秘書の攻防

私が病院で氷野須王と会ってから三ヶ月――

「私！　もう無理です！」

CEO専属秘書が業務を行《おこな》う部屋――専属秘書室の扉が勢いよく開かれる。そうして私たちのいる隣室、秘書課の部屋に入ってきた人物は両手で顔を覆《おお》って、わぁっと泣き崩れた。

……ああ、また。

私は頭を抱えたくなるのを堪《こら》えて、自分の仕事を中断した。

氷野須王の就任に伴い、当然専属秘書を誰にするのかという話が上がった。周囲はそのまま私がつけばいいと言ってきたが、のらりくらりとかわして今に至る。

社会人としてあるまじき行為だと自覚しながらも、感傷からくる個人的願望を優先させたのだ。

私以外の人が新ＣＥＯの秘書になることには、幸い、秘書課メンバーの後押しもあった。

なにせ新ＣＥＯは病院でナースが騒ぐほどの容貌《ようぼう》である。当然うちの女子社員たちも大いに騒いでいた。

高身長でスタイルも抜群、そして冷静な態度。海外生活が長かったせいか、立ち居振る舞いが堂々としており落ち着いている。涼やかな眼差《まなざ》しひとつで空気をしんとさせるところさえ、クールでカッコいいと周囲に言わしめた。

そのうえ、独身だ。

女性たちが目の色を変えるのも無理はない。

だから『私も専属秘書の経験を積みたいです』とか『ＣＥＯのお役に立てるなら喜んで』といった立候補者がたくさんいた。

そうして最初に選ばれたのは、秘書課の中でも比較的職歴が長く、仕事ができて落ち着いている綺麗な女の子。

なのに――そんな彼女は二ヶ月前、『私には氷野さんのサポートは無理です！』と泣きながら部屋から飛び出してきたのだ。

残念なことに、それから同じような場面が続いている。

……いや、今回は少し長くもったかな？

私は泣いている彼女を他の人に頼み、専属秘書室に入ると、その隣にあるプレジデントルームへと続くドアの前に立った。

きりっと胃が痛くなる。かといって、秘書課の責任者としてはこの事態を放っておくわけにはいかない。

私は嫌々ながらドアをノックしてから入室した。

「なんの用だ。呼びもしないのに来るな」

パソコンに向かったまま、我が社のＣＥＯに就任したばかりの氷野須王が言った。目が据わっていて見るからに不機嫌だ。なまじ顔立ちが整っているせいで、余計に凄《すご》みがある。

ひゅるるーと奴から冷気が漂うのを感じながらも、私は頑張って彼の机の前に立った。

「今度はなにが原因ですか？」

「女が泣く原因に心当たりなんかない。俺は仕事を命じただけだ」

私は机の上に積み上げられた膨大な書類にちらりと目を向けた。おそらく短期間で、あれらの資料をまとめるなり、整理するなりを命じたのだろう。

「あれを一人で行《おこな》うのは無理です」

「どうやれば遂行《すいこう》できるか考えるところからが仕事だ。給料を払っているんだから、それ相応の対価を求めて当然だろう？」

相変わらずパソコン画面を見たまま、彼は無表情で言い放つ。

「君こそ毎度毎度ご苦労なことだな。俺に文句をつける暇があるなら、君が代わりにあれをやればいい」

いきなり、すっと視線が私をとらえた。

人の心を切り裂くような鋭い視線に、背中に悪寒《おかん》が走る。

……出た、出たよ、殺人ビーム。

蛇《へび》に睨《にら》まれたカエルのように固まりそうになる。

「関崎。俺は役に立たない人間はいらない。それに無駄口を叩く奴も。さっさと仕事に戻れ」

私は口をパクパクさせて、けれどなんの言葉も出てこなくて、すごすごとまわれ右をした。ついでに積み上げられた書類を手にして秘書課に戻る。

大量の書類を自分の机の上に置くと、まだ涙目の彼女が「関崎さん……すみません」と謝ってきた。

私は首を横に振り、それらの書類を手早く秘書課のメンバーに振り分ける。

書類の一番上に貼られていた付箋《ふせん》には、綺麗《きれい》だけれど神経質そうな字で締《し》め切り日が書かれていた。

『十日以内に』という指示があるからには、それまでにデータ化しろということだろう。

「ＣＥＯの要望に応《こた》えるのは秘書の役割だけど、一人でこなさなくていいのよ。みんなで手分けしましょう。氷野さんだって、一人でやれって命じたわけじゃないんだし」

秘書課のメンバーは誰もが一度は氷野須王に泣かされている。

敵が外部にできると身内には結束力が生まれるものだ。みんな渋々ながら私が振り分けた書類を受け取りにきてくれた。

「関崎さん、やっぱりこれ以上、専属秘書を務めるのは無理です。私、プレジデントルームの真横にあるあの部屋で、一人で待機できません」

……だよね。

私はなにも言えずに、ため息だけをついた。

＊＊＊

「秘書課、撃沈だって？」

同期で人事部に所属する武井礼香《たけいれいか》がサラダをつつきながら話を切り出してくる。

お昼休憩の今、私たちは会社近くにある穴場の洋食屋に来ていた。社内に休憩スペースはあるが食堂はないため、こうして外へ出てランチをして情報交換をする。

いや、互いの愚痴《ぐち》をこぼし合うのだ。

「うちだけじゃないでしょう？　どの部署もカウンターパンチくらっているって聞いたけど」

「そうなのよねえ」

――氷野須王は就任してすぐさま、様々な事柄を各部署に命じた。

経理にこれまでの経営収支報告を、人事には各自の業務成績の提出を、プロジェクト統括部にいたっては、今進行中のプロジェクトだけでなく過去のものまで報告するよう言ったらしい。

氷野須王が来始めた数日間こそ、女子社員たちは憧れの眼差《まなざ》しで奴を見ていた。それはもう『え？　ここ会社だよね？』と言いたくなるほどの騒ぎで、女性というものはいくつになっても、たとえ恋人がいても「イイ男」には目がないのだと改めて教えられたものだ。

でも奴は一瞬で、そんな彼女たちの目を覚まさせた。

最初に秘書についた子には『役に立たない秘書はいらない。むしろ邪魔だ』と言い放ったのである。

華やかな受付嬢がモーションをかけた時も、『ここは会社だ。男漁《あさ》りなら別でやれ』と冷淡に告げた。

それはそれはドスの効いた低い声で、ものすごく冷たい視線で、周囲が震え上がるほど威圧感を与えながら。

それらを目《ま》の当たりにした女子社員たちが、そそくさと逃げ出したのは言うまでもない。

言い方が冷たい、優しくない。さらに仕事面では要求が高すぎて対応できない。できないと呆《あき》れたような目で見られる。

我が社の新ＣＥＯは冷静、冷酷、冷淡……だと評判が立ち、今では彼の名前をもじって、社員の間で『アイスキング』と呼ばれている。

「まあ、それでもわざわざうちの会社に来てくれた救世主だから、指示には従わざるを得ないんだけど」

礼香は肩をすくめて呟く。

――そうなのだ。

彼が日本の、それもうちのようなベンチャー企業に来たのは奇跡みたいなものだった。どうやら溝口さんと個人的な繋がりがあったようだ。

日本で仕事をする気があるなら我が社でとか、望み通りの待遇を用意するからぜひうちへといった引き合いが各所からあったと聞く。

要は、うちにはもったいない人だということである。

私としては、熨斗《のし》をつけて差し出したい気分なのに。

「そうだけど……もっと穏やかな言い方なりやり方なりをすればいいのに」

私はサラダのミニトマトに、ぐさっとフォークを突き刺した。ぐちゃっとつぶれて果肉が飛び出す。

「仕事もできるし能力もあるんだろうけど、人としてどうなの？　って感じ。会社のトップに立ったんなら、データとか数字ばっかり見ないで、人を見なさいよ！　社員を見なさいよ！　溝口さんが作り上げた会社なのよ！　ぐちゃぐちゃにしないでほしい！」

私がつぶれたミニトマトを口に放り込むと、パスタのお皿が運ばれてくる。

「凛は溝口フリークだもんねえ」

礼香は「おいしそう」と続けながら、ベーコンときのこのトマトソースパスタをフォークに巻き付けた。

——私にとって溝口さんは、我が社のCEOというだけではない特別な人だ。

私が溝口さんと知り合ったのは十歳の時。

その頃の彼は三十歳で、不動産会社勤務のサラリーマンだった。

我が家は昔からの家業を引き継ぎ、商店街で小さな呉服屋を経営している。

けれど、近隣に大きなショッピングモールが建設されたことで、昔ながらの商店街は人足《ひとあし》が途絶え、経営が悪化して廃業を余儀なくされる店が続出した。近所の顔見知りが引っ越していき、シャッターが閉まったままの空き店舗が増えていく。その頃、商店街の代表を務めていた父は夜な夜な話し合いに駆り出され、疲労にまみれていた。

みんなが途方に暮れていた中で、商店街を訪れたのが溝口さんだった。

土地を売ってマンションを建てればいいなどと言ってきた不動産屋が多かったから、父は最初、大手不動産会社に勤めていた溝口さんも同類だと決めつけて怒鳴って追い出した。

けれど彼は、これまでの人たちとは異なる提案をしてきたのだ。

『商店街を蘇《よみがえ》らせましょう』と。

商店街の人たちは、思いもしなかった提案と、彼のプレゼンテーションに、瞬《また》く間に魅了された。

陰鬱《いんうつ》としていた会合は、活発な議論の場となって、みんなが商店街の再開発に意欲を燃やすようになったのである。

父にも活力が戻った。

商店街の代表だった父と彼とは、会合の後、酒を酌《く》み交わす仲に。そして私たちは家族ぐるみの付き合いを始めた。彼には奥さんと私より八歳下の息子がいて、商店街が生まれ変わって活気づくまでの数年間、交流が続いた。

私が高校生になると同時に、彼は『もっと支援活動の幅を広げたい』として独立し、起業したのが今の会社だ。

私にとって溝口さんは、生まれ育った商店街に笑顔を取り戻してくれた魔法使いのような人。彼の手で救われていく町やお店を見ているうちに、私は彼への憧れを強くしていき、気がつけば淡い想いを抱いていた。

——私も誰かを笑顔にする仕事がしたい。

溝口さんのそばで、彼を支えながら、彼の夢を一緒に叶えていきたい。

大学生になると彼の会社に無理やりバイトとして押しかけ、将来はここで働きたいとワガママを言った。入社試験の面接の日の、溝口さんの仕方なさそうな笑みも優しい眼差《まなざ》しも覚えている。

少しでも彼の力になりたくて、手助けしたくて頑張ってきた。

そして数年前に、ようやく秘書として直接彼を支えられる場所にきた。

溝口さんの専属秘書でいることが、彼のそばにいられる唯一の方法だったのに——

「それで……次は誰が生贄《いけにえ》になるの？」

礼香に聞かれて、私は眉根を寄せた。

そうなのだ。今日の子が秘書課の最後の砦《とりで》だった。けれど彼女も、脱落してしまった。つまり秘書課にはもう対応できる人材が残っていない。

「もう、いっそ礼香やってみない？」

そうだ。

この際、秘書課の人間でなくてもいい。あの男とやり合える人ならウェルカムだ。

礼香は口元をナフキンで拭くと、にっこりと綺麗《きれい》に笑った。

「丁重にお断りいたします。どんなに顔がよくてスタイルがよくて頭がよくて仕事ができても無理ですから」

ことさら丁寧な口調で、息継ぎもせずに言い放つ。

「氷野さん狙いの女子社員とかいない？」

「就任当初ならともかくねえ、そんな強者《つわもの》なんているかなあ。超肉食女子とか？　いや、それはむしろ、氷野さんが嫌がりそう。あれは多分、女嫌いだもの」

……女嫌い。

礼香のコメントに心当たりがありすぎて、私は顔をしかめた。

「エレベーターで乗り合わせた時に挨拶《あいさつ》しても、一瞥《いちべつ》するだけで答えないし。近づくと眉間に皺《しわ》を寄せているし。まだ、男性社員のほうが彼とスムーズにコミュニケーションを取れている気がするのよね」

「やっぱり、礼香もそう思う？　そんな私的な感情を仕事に持ち込まないでほしいんだけど」

私はフォークをぐるりぐるりまわして、アスパラと生ハムのクリームパスタをすくい上げた。

——礼香の言う通り、氷野須王は相当な女嫌いだと思う。その証拠に、奴は着任直後、お茶出しをした秘書を追い出して『自分でやるから部屋に準備してくれ』と言った。だから私が、あの部屋にティーセットやコーヒーメーカーを設置した。

スケジュールを確認しに行けば『自分で確認するから必要ない』とバッサリ。

資料を届けに行けば『重要度別にボックスに入れておけ。俺の都合がいい時にチェックする。終わったものはこちらへ置いておく』とのたまった。

ことごとく秘書を排除しようとしているのが見て取れた。

「『最終兵器』を投入するしかないかな」

「『最終兵器』ってなによ！」

呟きに反応した礼香に、私は悪人顔でふふふと笑みをもらす。

「凛、顔が気持ち悪い」と言われたけれど構わない。

そう、もうこの際、秘書課の人間でなくてもいい。

私が持つ、とっておきの権限を使って采配《さいはい》させていただきましょう！

＊＊＊

秘書課で働く者たちは、会社の経営を担《にな》う上司を支えていくんだ！　という気持ちが強い。

少しでも役に立ちたい、必要とされたい、そんな想いが生まれる。

専属秘書なんかになれば尚更だ。

だから秘書課の女の子たちはみんな、なんとか『アイスキング』の役に立とうと張り切って、多すぎる業務を一人で抱え込んで、耐えられなくなった。

これまでの奴の仕事のやり方を見ていると、『自分の役に立ち、ほしい情報を得られ、自分の言う通りに動く者なら誰でもいい』といったスタンスである。

さらに命じてくる仕事量も多い。

専属秘書一人でこなせるものではないのだ。

だったら、専属秘書はいっそ伝達役に徹して、秘書課全員で仕事をしたほうがいい。

秘書の仕事などなにも知らないほうが、むしろ伝達役には徹しやすいに違いない。つまり私は、秘書課以外から適任者を選出しようと考えたのである。

その仮説を周囲に力説し、なんとか同意を得た。そして『最終兵器』を投入して数週間――

「あの！　取引先へ手土産《てみやげ》を用意するように言われました。それから、この年度のデータをそろえてまとめてほしいそうです。あと、この書類の準備も頼まれました！」

専属秘書室から飛び出してきた彼女の名前は大川《おおかわ》ひまり、通称『ひだまりちゃん』と呼ばれている、我が社の元受付嬢だ。

そう、彼女こそが私の『最終兵器』、社内随一の癒《いや》し系女子である。

――実は私には特技がある。

父が商店街の代表をしていた関係で、小さい頃から我が家にはいろんな大人が出入りしていた。たくさんの大人を見ていると、人の相性や力関係がだんだんわかってきて、『この人とこの人が一緒にやればうまくいきそうだな』とか『この人とこの人はダメだけど、こっちの人を入れたらバランスがいいかも』とか閃《ひらめ》くようになったのだ。

学校生活でも、そういった自分の勘がどこまで通用するか常に試していた。

学校ではグループ活動が多い。グループ間でトラブルが起きると、私はさり気なく人を誘導してそれらを解決したり、活動性の高まるグループ編成を提案したりした。

この会社に入社をしてからの数年間は、仕事を覚えるのに精いっぱいだったけれど、慣れてくると人間観察ができるようになる。

私は、溝口さんに社内の情報をスムーズに伝えるために、社内の人間関係から業務内容まですべてを把握《はあく》するように努めた。

そこで気づいたことを彼に伝えていっているうちに、人事関係のオブザーバーを任されるようになったのだ。

当時の人事部長は、私の提案に胡散臭《うさんくさ》そうな目を向けていたけれど、いつもトラブルを抱えていた部署が円滑にまわるようになったり、思いもしない能力を発揮する社員が出始めたりしたことで、少しずつ認めてくれた。

溝口さんの専属秘書についてからは、新入社員の配属先を決める場にも同席していた。彼が退任した今、私はその場でメインに動いている。

氷野須王の専属秘書を決める際も、私は任命権を与えられていた。就任前に彼と話す機会はなかったので、彼の経歴や雑誌などの記事から得られた情報を考慮して最良と思える人選をしたつもりである。

だが、選んだ社員がことごとく部屋から泣きながら飛び出してくる有様《ありさま》だ。

……まさか秘書課が全滅するとは思わなかったんだよね。

そうして最終手段で見つけたのが彼女、大川ひまりだ。

ひだまりのような温もりを感じるよな、と誰かが言ったことから、『ひだまりちゃん』と命名された彼女。

ふんわりした髪も、小柄な体形も、優しく穏やかな性格を表すような顔立ちも、とてもかわいらしい。

彼女を受付から離したことで、社内だけでなく社外からも嘆《なげ》きの声が聞こえたけれど、背に腹は替えられない。

最近では、異動先がCEO専属秘書室だと知った者たちから、『アイスキング』の氷を溶かすのは『ひだまりちゃん』だけだ！　と期待もされている、はずだ。

ひだまりちゃんは、専属秘書を打診した当初『私にはなんの資格も経験もありません！　お役に立てるかどうかわからないし、自信もないです』と、不安そうだった。

私は『氷野さんが求めているのは、自分の仕事のサポートをする人材なの。でも専属秘書一人で対応できることじゃないから秘書課全員で取り組みたい。氷野さんの要望を私たちに伝える伝達役になってほしい』とお願いした。

伝書鳩《でんしょばと》のような仕事ならやりたくないと反発を受ける覚悟もしていたけれど、お通夜のように沈んだ秘書課の雰囲気に同情してくれたのか、彼女は『わかりました。言われたことは忠実にやるように頑張ります』と引き受けてくれた。

――こうして、ひだまりちゃんが氷野須王の専属秘書になったのが数週間前。

私は今日も彼女からの伝達事項に、手の空《あ》いている秘書の子を探して仕事を振り分ける。そして大川さんには取引先の確認をして、手土産《てみやげ》一覧の資料を見せた。

大川さんの今のメイン業務は伝達係だが、少しずつ秘書としての仕事を覚えていけばいい。いずれ彼女も自分でできる仕事は自分でこなし、対応できない時は他の人に手伝ってもらうという方法を取れるようになるはずだ。

私は氷野須王のスケジュールをタブレット端末で確認して、他にも手土産《てみやげ》の用意を依頼される可能性がないかチェックした。

「いつも関崎さんに頼りっぱなしですみません。本当はこういったことを自分でできるようにならないといけないんですよね……」

しゅんとした様子で、大川さんが呟いた。

ああ、太陽に雲がかかっちゃったよ。

『ひだまりちゃん』はいつもぽかぽか、にこにこ笑顔が似合っているのに。奴の冷気にあてられて凍っていた私たちを暖めてくれたのは、あなたなんだよー！

「大川さんは一生懸命頑張っているし、私たちは助かっている。仕事はゆっくり覚えればいいから、ね」

——私が関わっていた新入社員の配属決めの目処《めど》が立ったので、自分の業務にも余裕ができ始めた。

そのため社内で再度、彼の専属秘書には私がつけばいい、という声が出ているようだけれど聞き流している。

自分勝手なのは承知しているが、できれば、このまま大川さんに継続してもらいたい。

彼女は氷野須王に意見もしなければ口答えもしない。あくまでも伝達係に徹して仕事をしている。だから彼は怒鳴ることもなく、『役に立たない』と追い出すこともなくなって、ようやく秘書課も落ち着き始めたのだ。

秘書課のメンバーも、大川さんのサポートを快《こころよ》く引き受けてくれている。おかげでうまくまわっていると思う。

だから、これでいい。

でも——

私は奴のスケジュールを見て、眉をひそめた。当然ながらスケジュール管理は本人がしている。

彼は仕事ができるし、処理スピードも速い。能力があるからこそ、効率よく仕事を組み込んでいるんだろうけれど、それでもこのスケジュールはきつきつで、余裕がないように見える。

ＣＥＯとして就任した気負いからか、急激に社内の変革に取り組んでいるためにそうなってしまっているのかもしれないけれど。

もし私が専属秘書としてついていれば、嫌がられるとわかっていても苦言を呈するだろう。車で移動する間に食事をとったり、仮眠の時間を確保したり、少しでも休養がとれるような提案もする。……なんて、思い切り私情から、その役を降りておいて勝手すぎるけれど。

大川さんは『氷野さんは忙しそうですね』と言うけれど、特に気にはしていないようだ。そこはきっと配慮が足りない部分かもしれないが、少し前までまったく違う課にいたのだから仕方ないことでもある。

……大川さんにそれとなく進言する？　まあ、でも大川さんがそんなことを言ったら奴は嫌がりそう。きっと『余計なお世話だ』と冷たく突き放すに違いない。

「……さん？　関崎さん？」

大川さんの呼びかけに、私ははっとする。

「あ、ごめんね。えーと、日持ちのする手土産《てみやげ》をいくつか準備しておきましょうか？　もしかしたら他にも、氷野さんから依頼があるかもしれないから」

「はい。わかりました」

大川さんはメモを取りながら、真剣に資料を見てスケジュールと照らし合わせている。

――『アイスキング』は私の配慮なんか必要としてない。

だから、せめて彼女がそばにいることで、癒《い》やされればいい。

過密なスケジュールを見ながら、ほんの少しだけそう思った。

＊＊＊

取引先との会議を終えて部屋に戻ると、俺――氷野須王はその部屋の有様《ありさま》にふっと息を吐いた。

プレジデントルームの前の住人である溝口さんの趣味か、この部屋はシンプルでモダンだ。

ウォールナットの机や書棚をはじめ、全体的に木の温もりを感じさせる家具で統一されている。

綺麗《きれい》に整理整頓《せいとん》されていれば、センスのいい設《しつら》えだ。

なのに、今はその面影もなく雑多に散らかっていた。

つい数週間前までならば、専属秘書が俺の留守の間に気を利かせて片づけていただろう。

でも今回、俺についた秘書はかなり配慮に欠けているようだ。

元受付嬢で秘書経験など皆無《かいむ》だと聞いていたし、質問も言い訳も一切せずに、言われたことをこなしている分、今までよりも扱いやすいとは思っていた。

けれど、この部屋の状態を見ても放置し続けるなんて、かなり神経が図太いのかもしれない。

ため息をつきながらスーツの上着を脱いでハンガーにかけると、机の上にそろえられた資料に気づいた。

「大川」

前室で待機しているはずの秘書を呼ぶと「はいっ」と上ずった声がして、おずおずといった風情《ふぜい》で大川ひまりが姿を現した。

「この間頼んだ資料、もうデータ化できたのか？」

かなり大量の資料を、大川の机の上に置いていたはずだ。

締《し》め切りは十日以内にしていたのに、三日と経たずに仕上がっている。

「あ、まだすべてそろったわけではありません。優先順位の高いものから取り組んで、できあがったものをそちらに置いています。パソコンにもデータを転送しています」

資料を手にしてざっと目を通したところ、彼女の言う通り確かにすべてがそろっているわけではなさそうだ。

だが、締《し》め切り日を伝えただけで、優先順位など決めていなかった。

「俺は優先順位なんて指示していなかったはずだが」

「関崎さんが判断してくださいました」

大川は悪びれもせず、にっこり笑って告げる。

「……また、関崎か」

「はいっ！　氷野さんに依頼されたものは、すべて関崎さんの判断を仰《あお》いでいます。私一人では到底できませんし、関崎さんはものすごく優秀ですから！」

秘書課の他のメンバーに仕事を割り振っているのも関崎さんです！　と彼女は張り切って続ける。

大川ひまりには専属秘書としてのプライドなど微塵《みじん》もないのか、そう素直に言ってくる。

これまでの秘書たちは、自分ですべてを抱え込んで、できなかった、難しかったと弁解して泣き出し、この部屋を飛び出していった。

そのたびに、理由を尋ねにきていた彼女を思い出す。

溝口さんの元専属秘書であり、秘書課の中心人物。

俺は大川が用意した書類を置き、その隣にあった新入社員の配属先についての資料を手にした。

人事部長が主体となっているはずだが、責任者の欄には「関崎凛」の名前も入っている。

資料に名前がない場合もあったが、どの部署のどの案件においても彼女の存在は感じてきた。

裏で会社の采配《さいはい》をふっているのは彼女に違いない。

なんとなく確信を持ち、嫌な気分になる。

これだけ秘書が途中交代しても、関崎凛自身が俺の秘書につこうとする気配はない。

秘書課が全滅して、元受付嬢まであてがってきたのだ。

どことなく挑戦的なものを感じて不快になる。

――肩までの真っ直ぐな髪にノンフレームのメガネで、華やかさの欠片《かけら》もない女。真面目さだけが取り柄のような彼女の雰囲気は思い出せても、顔立ちまでは浮かばなかった。

「あの……」

「なんだ」

いちいち、びくっと怯《おび》えるなと言いたいけれど、ふんわりとしたやわらかな外見をしている大川は、それを躊躇《ためら》わせる。

綿菓子みたいな噛み応《ごた》えのなさが、なんとなく俺に苦手意識を抱かせる。

「関崎さんを、秘書になさろうとは思わないんですか？」

どうやらこの綿菓子娘も、関崎凛を慕《した》っているようだ。

俺は緩く腕を組み、彼女に向き合った。

「仕事さえしてくれるなら、秘書だろうが元受付嬢だろうが構わない。どうやら大半の仕事を彼女がこなしているようだが、君を伝達役に置くぐらいだ。俺の秘書をする気なんかないんだろう？」

「関崎さんは、新入社員の研修を担当していてお忙しかったからだと思います！　最近はそれも落ち着いたので、きっとお願いすれば」

俺は、じろりと綿菓子娘を睨《にら》んだ。

彼女がびくっとして口を噤《つぐ》む。

「俺がお願いするのか？」

「あの……いえ、言葉を間違えました。申し訳ありません……」

直接関わってはいないのに、俺のまわりには常に関崎凛の存在がちらついている。

それでいて本人は、俺に直接対峙《たいじ》してきたりはしない。

そんな胡散臭《うさんくさ》い女を、そばに置く気になるわけがない。

「もういい。仕事に戻れ」

彼女はすんなりまわれ右をした、と思ったら、ふたたび俺に向き直った。

「あの……」

「まだなにかあるのか？」

「関崎さんが……このお部屋の掃除の許可を得たほうがいいと……あの、片づけてもよろしいですか？」

彼女がちらりと部屋全体を見まわした。

関崎が指摘しなければ、自分から言い出すことなどなかった様子がありありと感じられる。俺はため息をついて「俺の留守の間に片づけておいてくれ」と答えた。

＊＊＊

なにをしても、うまくいかない日というのがある。

最初のケチは家を出る間際にストッキングの伝線に気づいたことだった。それで、いつもより遅めの電車に乗る羽目になり、さらにその電車がトラブルで遅延した。

慌てて秘書課に飛び込んだ途端、課の人たちが待ってましたとばかりに駆け寄ってくる。

「関崎さん！」

「メールもして電話もしたんですけど、気づきませんでしたか？」

「大変なんです！」

それぞれに矢継《やつ》ぎ早《ばや》に話されて、思わず後退する。

「みんな、落ち着いて！　どうしたの？」

「大川さんがお休みなんです！」

「風邪をひいたみたいで、連絡がありました」

「どうしましょう！」

私が最初に思ったのは『ああ、ひだまりちゃん風邪ひいちゃったんだ。大丈夫かな？』だった。

その後、みんなの慌てぶりに、つまり彼女がお休みしたということは、専属秘書がいないということだと気づく。

私の表情の変化を、彼女たちも敏感に察知したようだ。

「私、今日は他の役員の方のお手伝いがあります！」

「私も早急に処理しなければならない仕事があります」

「私は……私には無理です！　すみません」

彼女たちに縋《すが》るように見つめられて、私はなにも言えなくなった。

新入社員の研修も終わり、彼らの配属先も決まったので、私には余裕がある。

「……今日は私が氷野さんにつきます。大川さんが明日以降もお休みするようなら、また検討します」

「ありがとうございます！」

彼女たちは声をそろえて頭を下げると、ほっとしたようにほほ笑んだ。

秘書課の人間の反応としてはどうかとは思うけれど、三人とも奴に泣かされてきたのだ。気持ちはわからないでもない。

慣れない秘書業務に、気の休まる時間などなかった大川さんが体調を崩すのも仕方がない。

私は自分の机に向かい、まずスマホをチェックした。

彼女たちの慌てぶりが窺《うかが》える着信履歴やメールの内容に苦笑する。

それから、彼のスケジュールを確かめる。

今日は、午前中は社にいるが午後からは外出する。ついでに明日の予定も見ると、相変わらずの詰め込み具合だ。

私はとりあえず、プレジデントルームに向かった。

まだ彼は来ていないようだったので、まずカーテンと窓を開けて空気を入れ替えた。

この間この部屋に資料を置きにきた時は、その散らかりぶりに驚いた。それについて大川さんに聞いたところ『最初に、余計なことはするなと言われたので、お部屋の掃除はしていません』とあっさり答えられた。

あの有様《ありさま》を放置できる大川さんにも驚いたけれど、あれだけ散らかしても指示しない彼にも呆《あき》れた。

今は、さすがに彼女の手が入ったのか、雑多な感じではあるものの散らかってはいない。

——プレジデントルームの家具は、溝口さんのお気に入りのものばかりだ。そしてそれらの家具は、今もそのまま使われている。

主《あるじ》が変わったことで起きた部屋の変化と、そんな中わずかに感じられる溝口さんの名残《なごり》に、私はちょっとだけ複雑な気分になった。

氷野須王が余計なことをされると嫌がるタイプであることはわかっている。

でも、私が専属秘書だった頃、プレジデントルームを整えるのは朝一番の私の仕事だった。

机の上やセンターテーブル、書棚を雑巾で拭く。

ファイルを整え、各社の新聞や雑誌を並べ、観葉植物に水をやり、ゴミ箱は空《から》にする。

その後は給湯室で、コーヒーの準備を行《おこな》う。

上司が不快になるようなことは、すべきじゃないとわかっている。

そう思いながらも、あえて私は溝口さんの時と同じように部屋を整えた。

――文具を置く位置が違う。部屋に残る香りが違う。溝口さんがこの部屋に戻ってくることはない。

『おはよう、関崎さん。今日も一日頑張ろうね』

そう声をかけられることもない。我知らず、涙が込み上げる。

「ここで、なにをしている？」

突然声をかけられて、私はびくっとして振り返った。

ぼやけた視界に慌てて瞬《まばた》きをして、咄嗟《とっさ》に頭を下げた。

……ルーティンをこなしているうちに感傷に浸《ひた》りすぎた！

「おはようございます。今日は大川が病欠ですので、私が隣室に控えます。御用がありましたらいつでもお申し付けください」

無作法だけれど言い逃げようと、そのまま彼の横を通りかかった。途端に腕を掴《つか》まれる。

「この部屋を整えたのは君か？」

低く凄《すご》みさえ感じる声に、ぞわっと背中に寒気がする。

……やっぱり余計なことするんじゃなかった!!

「申し訳ありませんでした！」

反射的に謝罪する。私は頭を下げたまま『余計なことはするな』と言われるのを覚悟した。

けれど予想に反して彼は無言だった。ついでに私の腕も掴《つか》んだままだ。

彼の手に力が込められているわけじゃないけれど、振り払うことはできないし、やんわりどけることもできない。

恐る恐る頭を上げると、彼は大きな窓の外をぼんやり見ていた。

この部屋はオフィスビルの上階に位置するうえに、他のビルに視界を遮《さえぎ》られることもないため、外の景色が見渡せる。

溝口さんは、いつも都会の街並みと空を眺めて、『今日はいい天気だ』とか『雨が降りそうだね』などと呟いていた。

今、外を眺めている水野須王の横顔は、どことなく和《やわ》らいで見えた。

……こんな表情もするんだ。

きっと彼は、この窓から見える景色を初めて見たのだと思う。

ここの窓だけはブラインドではなくカーテンをひいてある。

厚手のカーテンは開けても、レースのカーテンまでは開けなかったに違いない。

するりと腕が離されると同時に「昨日頼んでいたものはできているか？」と聞かれる。

私は我に返り、「すぐに確認します！」と答えてその場を去った。

彼に資料を渡し終え、ＣＥＯ専属秘書室の席につく。

久しぶりにＣＥＯ専属秘書室に来たせいで、私はそわそわと落ち着かなかった。

この場所に私がいた形跡などほとんどない。引き継ぎのために準備したファイルが一番上の引き出しに入っていることが唯一の名残《なごり》ともいえる。

机の上のリンゴの形の付箋《ふせん》が、ひだまりちゃんらしくてかわいい。

まず初めに私は、彼のスケジュールを再度確認する。

数日先までびっしり埋まっている内容に、もう少しなんとかならないものかと思案する。スケジュールはいまだに彼が自分で管理していて、わずかな隙間にも仕事を入れているようだ。

彼から指示がない限り勝手なことはできないので、私は頭の中だけでこっそりスケジュールを組み直した。いくつかの業務の時間帯をずらして調整し直せば、空《あ》き時間が作れそうだ。うまくすれば休日も確実に休みを取ることができる。

けれど、彼がそれを望むかはわからない。

スケジュール確認を終えた後は、各プロジェクトの進行状況をまとめ直す。

――溝口さんも精力的に仕事をこなす人だった。それぞれのプロジェクトからは随時報告がなされていたけれど、忙しい彼が短時間で進捗《しんちょく》を把握《はあく》できるように、私はそれを見やすく一覧表にしていた。進行状況に遅れはないか、懸念材料はないかなどをチェックしたり、すでに終了したプロジェクトのアフターについても知らせたりしていた。

身に着いたルーティンとは恐ろしいもので、誰に提出するでもないのに、私は今でもそれらの作業を続けている。

今日の分もまとめ終えたところで、バタバタと扉の外が騒がしくなった。そうかと思えば、ノックと同時にドアが開けられる。

「氷野さんは？」

プロジェクト統括部長が顔色を真っ青にして私に問うた。

その直後、私の表情で彼が部屋にいることはわかったらしく、私の答えなど待たずに慌ただしくドアを叩いた。そして、中からの返事を聞いてすぐに飛び込んでいく。

私は椅子から立ち上がり、ドアのそばに近づいた。

よほど慌てていて閉め忘れたのか、隙間が数センチ開いていて、二人の緊迫した声が聞こえてくる。

あんな統括部長の表情を見たのは、溝口さんの退任が決まった時以来だ。なんらかの問題が起こったに違いない。

「どうしてそんなことになった！」

「申し訳ありません。すべて私の確認不足です！」

氷野須王はそれ以上、声を荒らげたりはしなかった。

多分、怒鳴るよりも先にしなければいけないことがあると思ったのだろう。

感情を押し殺した低い声で「先方には直接俺が行く」と言った後「関崎！」と呼ばれた。

私は「はい！」と返事をすると、反射的にドアから離れて、盗み聞きがバレないようにする。

「すぐに飛行機の手配を！　それから今日以降のスケジュールをすべて調整してくれ」

行き先、人数、宿泊先の手配を矢継《やつ》ぎ早《ばや》に命じられる。

私は、行き先からどのプロジェクトでトラブルがあったのかすぐに気がついた。

地方の寂《さび》れた温泉旅館街の再生プロジェクトだ。

建物の老朽化に伴う観光客の減少、オーナーの高齢化に後継者不足。リフォームしようにも銀行からの融資がなかなかおりず、いくつかの旅館が廃業に追い込まれている。

地域の再開発事業と併《あわ》せて行《おこな》うことで、官民一体のプロジェクトになる予定だった。

資金面では助かるけれど、行政に提出すべき書類や許可を得なければならないことが多く、手間は格段に増える。

担当チームは行政書士と連携して慎重に進めていたはずだが、そこでなにかトラブルが起こったようだ。

「私もすぐに同行の準備をいたします！」

統括部長はそう言うと、来た時と同じぐらい素早く部屋を出ていった。

私も秘書課の他のメンバーに、すぐに飛行機の手配をするよう内線で伝えた。同時にさっきまで作っていた、各プロジェクトの資料も印刷する。

「今日以降のスケジュールに関して優先順位はありますか？」

「いや。先方に合わせてもらって構わない」

「失礼ですが、出張の準備はご自分でなさいますか？」

「自宅に戻るような余裕はないだろう。必要なものは現地で調達する。それよりこのプロジェクトに関する資料はどこにある？」

ひだまりちゃんが引き継ぎ書通りにファイルの片づけをしてくれていれば、キャビネットの右側にまとめて置いてあるはずだ。

予想通り片づけてくれていたようで、私はすぐにそのファイルを見つけて彼に差し出した。

それから印刷し終わったばかりの、私が作った資料も彼の手に渡す。

余計なお世話かもしれない。でも、これを使うも使わないも彼次第だ。

彼は訝《いぶか》しげに渡したものを見ていたけれど、すっと視線を上げて私を見た。

「これは？」

「差し出がましいとは思いましたが、私がまとめたものです」

「……いつ作った？」

「各プロジェクトについては毎日更新しています。溝口さんには出勤されると同時に提出していました」

「……君は――」

彼はなにか言いたげな表情をしていたけれど、それ以上言葉を発しなかった。

私はドキドキしながら、今度は専属秘書室のロッカーからスーツケースを取り出す。

機内持ち込み可能なサイズの小さなスーツケースの中には、新しいシャツやネクタイ、男性用の下着や靴下、洗面道具に髭剃《ひげそ》りまで一通り入っている。

サイズは溝口さんに合わせたものだけれど、大丈夫なはずだ。

「中身はすべて新品です。氷野さんの好みとはいきませんが、誰もが使えるようにベーシックなものを選んでいます。もしよろしければお使いください」

仕事にトラブルはつきものだ。だから急な出張に対応できるように常に準備していた。

「氷野さんの好みを教えていただければ、次回からはそれを準備します」

彼は呆気《あっけ》に取られたように私を見た後、大きくため息をついた。それから無言でスーツケースの中身を確認していく。

「そうだな。次からは俺が指定する」

余計なお世話だと言われなかったことに、ほっとする。

「君は――どうしてそこまで俺につくのを嫌がる？　役に立たない秘書を送り込んだ挙句、未経験の元受付嬢をあてがってくるぐらいだ。俺のＣＥＯ就任を快《こころよ》く思っていないのはわかっていたけれど、ここまで嫌がられる理由がわからない」

「え？」

私は冷や汗がだらだらと流れるのを感じた。

『余計なお世話だ』と怒鳴られないだろうかとハラハラしていたはずなのに、今は別の意味でハラハラする。

――確かに私は彼の専属秘書につきたくはなかった。

溝口さんを尊敬して、追いかけて入社した身として、彼以外がトップに立つ姿を、間近で見たくないと思っていたのは事実だ。だからと言って、困らせようとは思っていなかった。

……え？　他の秘書をつけたのを、嫌がらせだと思われているの？

ひだまりちゃんを抜擢《ばってき》したのは、癒《いや》しになればと思ったからで。

私はぶんぶんと首を横に振った。

……いや、いや、いや。

「私にそのような意図はありません。秘書課の他の子たちも仕事ができないわけではありませんし、専属秘書の経験もしてほしかっただけです。後任を育てるつもりでした。大川だって経験はありませんが一生懸命取り組んでいます」

そうだよ！　なんだか私が意地悪したみたいな話になってるけど、あんたが気に入らなくて数々の秘書を追い出したから、ひだまりちゃんになったんじゃない！　と心の中で突っ込んだ。

「一生懸命、ね。他人に仕事をまわすのは上手だし、すべては君がやったと正直に伝えてくる素直さは評価できるが」

ひだまりちゃん……私は思わず遠くを見つめた。

どうして素直にそんなことを言うんだろう。自分の手柄にしたって構わないのに、そういうずるさがないところが、かわいいんだけど。

「じゃあ君に俺への個人的な感情はないということだな」

「は……い？」

個人的な感情ってなに⁉　と思いつつ、とりあえず肯定した。

それからついでに、ほほ笑んでみせる。

その時、プルルッと内線が鳴って、私はすぐさま受話器を手にする。妙な空気を変えてくれた内線に大感謝だ。

電話を終えた私は、ビジネスモードな口調で彼に話しかける。

「飛行機の手配が完了しました。下に車をまわしますので、どうぞご準備されてください」

「とりあえず今後のスケジュールの調整は任せる。あとは追って指示をする」

「かしこまりました」

私は最後まで気を抜かないようにしながら、部屋を後にした。

＊＊＊

あのあと、私はすぐに午後からの彼の予定をキャンセルし、別の日程に組み直した。

幸い、それほど重要度の高いものはなかったので、スムーズにできた。

今後のスケジュール調整は任せるという言質《げんち》を彼から取ったので、私の思うように組み直すことができた。無駄なく効率よく、その上、休養時間も確保したのだ。

ついでに、急な予定変更のお詫びの品を送る手配もする。

留守中のプロジェクトの進行にも気を配る必要があるだろう。今回はなにせプロジェクト統括部長も同行したし。

私は久しぶりの秘書らしい業務を楽しんでいた。たとえ溝口さんの下で働けなくとも、私はこの仕事が好きだ。

トラブルが無事収束することを願いながらも、鬼のいぬ間になんとやらという具合に、せっせと仕事をこなした。


「――で、なんとかなったわけ？」

数日後の昼休み。カウンター席に横並びで座って、私と礼香は蕎麦《そば》をすっていた。

梅雨《つゆ》入り間近なせいか湿度が高い日々が続いている。

くもりかと思えば晴れ間がさし、雨が降りそうな黒い雲が空を覆《おお》っていても、降ってこない。

季節もお天気も曖昧《あいまい》で、こんな時はあっさりしたものが食べたくなる。

「うん。統括部長からプロジェクトチームの担当者に連絡があったみたい。今日の午前中の飛行機を手配したから、お昼過ぎには戻ってくるんじゃないかな」

「――で、どうするの？」

「なにが？」

私はお蕎麦《そば》にちょんちょんっとわさびをつけてから、つゆに浸《ひた》した。わさびのさわやかな風味が広がって、その後少しだけつーんとくる。蕎麦《そば》の甘みが増しておいしい！

「専属秘書……もうやらないわけ？　ここ数日楽しんでいたじゃない」

大川さんは翌日には出勤してきた。

私は休んでいた分の引き継ぎと同時に、様々な業務を一緒にこなしながら、ついでに指導もした。

私が秘書経験で培《つちか》ってきた裏技的なものも教えた。

「大川さんも頑張っているからね。氷野さんからのクレームもないし、このままやってもらうつもり」

私がやれば、いつかは彼とぶつかりそうな気がするのだ。

それで互いに嫌な気分になるよりは、これまで通りのやり方でいいのではないかと思う。

「氷野さんへの認識、改めたんじゃなかった？」

礼香の言葉に、私は彼の留守中のことを思い出す。

彼の仕事ぶりを間近で見て、頑《かたく》なになっていた自分の態度を反省したのは事実である。

――彼は私たち秘書課に、すべてのことをデータ化するよう命じてきた。

数字に強いとか、そこからの分析力に定評があると耳にしてはいたけれど、正直私は不快だったのだ。

溝口さんは人を大事にして会社を育ててきた人だった。

そこにいる人たちの繋がりを重要視したし、社員が互いに成長し合えるようなチーム作りに尽力した。

それぞれが所属する部署はあるものの、プロジェクトの内容に応《おう》じて部署を越えてメンバーを選定する。得意分野、人間関係、個々の能力、総合的に判断したチーム作りをして業績を伸ばしてきたのだ。

だから、数字ではなく人を見てほしい、そう思っていた。

でも、今回のトラブルをきっかけに彼の采配《さいはい》を間近で見て、悪いことばかりじゃないと気がついて——

時間単位で業務を区切らせることで、社員たちは集中して取り組むようになっていた。

データで客観的な数字が提示されたおかげで、曖昧《あいまい》な感覚で仕事を進めなくなった。

今までとは違う人間関係が築かれていた。

まだやり方に慣れていなくて、戸惑っているチームもあったけれど、若手を中心に柔軟《じゅうなん》に対応し始めている。

私があれこれ考えていると、礼香がさらに会話を続ける。

「私もね、人事の評定を数値化するなんて面倒な作業だなあと思っていたし、数字だけでなにがわかるんだ、って思っていたけど、意外に当たっていたのよね」

トップが変われば会社が変わるのは当然だ。そしてそれが成果を見せ始めている。

会社の業績に結びつくまでにはもう少し時間が必要だろうけれど、社内の雰囲気は急速に変化した。

「うん、経理の子も言っていた。あの人、光熱費削減のための数値目標まで出させたみたいね」

「経費の扱いも厳しくなったらしいし」

私たちは笑えるけど、部長クラスの人たちは戦々恐々としていた。

「あ、礼香、蕎麦湯《そばゆ》お願いする？」

「うん。お願い」

そんな会話をしながらも、また彼のことを考えてしまう。

――『俺への個人的な感情はないということだな』――

そう言われた時、本当はドキッとした。

個人的感情なんかありまくりだ。

彼への評価を修正するたびに、私は溝口さんが作り上げた世界が失われていくのを感じている。

幼い頃からの初恋は、こういう時、厄介《やっかい》だ。

彼が作り上げた会社を存続させていくためには、冷酷だろうがやり方が違おうが優秀なトップが必要で、私もそのサポートをしていくべきだ。頭ではわかっている。

そう、わかっている。

これまでの経験もあるのだから、新ＣＥＯの専属秘書にも、私が一番の適任者だ。

その次が、ひだまりちゃん。

けれど、私はもう少し、溝口さんとの思い出を大事にしていたい。

十歳で初めて出会った時から憧れていた人。

二十歳も年上の男性に抱く思慕《しぼ》が、恋愛感情だと気づいたのは高校生の時だった。

出会った時から溝口さんは結婚していて、子どももいて、到底叶うはずのない恋。それなのに、私はその気持ちを葬《ほうむ》ることができなかった。

せめて彼のそばにいて、手助けをして、仕事のサポートをする役目を担《にな》いたいと考え、仕事にあたってきたのだ。

私にとって専属秘書という立場は、邪《よこしま》なものを含んでいる。

――溝口さんが会社を去った今を、ひとつの区切りにしなければならないのだろう。でも、まだしばらくは、彼の幻影に縋《すが》りついていたい。

そう考えながら蕎麦湯《そばゆ》をすすり、私は午後の仕事に向かった。

＊　＊　＊

アイスキングが戻ってくると、社内の空気がぴしっと緊張する。

いまだに緊張を与え続けられる彼をすごいと思えばいいのか、慣れない社員に呆《あき》れればいいのか微妙なところだ。かくいう私も、やっぱり顔が強張る。重い気分でプレジデントルームの部屋をノックしていた。

「関崎です。お呼びと伺いました」

「入れ」

ひだまりちゃんに『氷野さんがお呼びです』と言われる前から呼び出されるかもしれないと思ってはいた。できれば予想がはずれてほしかったのに、残念だ。

「スーツケースは助かった。活用させてもらった」

「お役に立てたならよかったです。片づけは私どもでいたしますので、そのままにしておいてください」

「ああ」

出張帰りの彼は、どことなく疲れているように見えた。

就任してから初めての大きなトラブルだったし、厳しい交渉だったはずだから当然だけど。

「明日からの俺のスケジュールを組み直したのは君か？」

「大川さんに指導しながら一緒に行《おこな》いました」

予想通りのことを聞かれて、私は準備していた答えを述べる。

けれど、彼にはご満足いただけなかったようで、ものすごくあからさまに顔をしかめられた。

「……土日に予定がないのは久しぶりだ。急な予定変更で厳しいスケジュールになるはずだったのに、君が配慮したんだろう」

休みが確保できて嬉しいと素直に喜べばいいのに、余計なことをしやがってと言いたそうだ。

「差し出がましいとは思いましたが、氷野さんはスケジュールを詰め込み過ぎです。仕事なので必要であることはわかりますが、きちんと休養も取ってください。会社のトップが倒れれば、会社も危なくなるんです」

それは溝口さんの入院で嫌というほど思い知った。なにせ、一時的に銀行からの融資が打ち切られそうな事態にまで陥《おちい》ったのだ。新ＣＥＯが誰か知れるや、それはなくなったけど。

「俺は命じたことをやってくれるなら誰が秘書でもいいと思っている。もちろん、一番役に立つ者がいい。たとえそれが、俺のことを必要以上に避けようとしている奴だったとしてもだ」

なんとなく話がすり替えられた気がして、私は笑みを浮かべながらも、頭の中は疑問だらけだった。

「とにかく。俺は君のように、いろいろ考えて動くのは性《しょう》に合わない。スケジュール管理は他の者にしてもらったほうが楽だ。だから今後は君に一任する。それから、これらの資料を早急にまとめなおしてくれ。そして――」

「ちょっと待ってください！　指示は専属秘書の大川にお伝えください。スケジュール管理も本来なら彼女の仕事です」

なんか、話の流れがおかしくなったと思い、私は待ったをかけた。

「言ったはずだ。俺は仕事ができるなら誰がやってもいいと。役に立つとわかっている人間に任せるのが一番だ。大川には彼女にできる仕事を命じている。君には君のできる仕事を命じる。専属だろうがなかろうが関係ない」

私は呆気《あっけ》にとられながらも、異を唱えられなかった。まったくもってその通りだから。

私がなにも言わないのをいいことに、奴はつらつらと仕事の指示を出していく。

私は反射的にメモを取りながら、なんとか反論材料を探してみたものの、見つけられずにすごすごと秘書課に戻る羽目になった。

……余計なことした？　もしかして自分で自分の首を絞めちゃった？

思い悩みつつ、数時間前、彼に言いつけられた仕事の手は止めない。

量が膨大すぎるので、ある程度は秘書課の他のメンバーに振り分けた。それから大川さんにも仕事を分担しながら、指導していくつもりだった。特に奴のスケジュール管理とか！　専属秘書の重要な業務だ。

けれど、彼女は彼女でいろいろな宿題を与えられたらしく、本当に心からすまなそうに『関崎さん！　申し訳ありませんが、私もいっぱいで……スケジュール管理までできそうにありません』と言ったのだ。

そう言われてしまっては、私がやるしかない。いつの間にかCEO秘書としての仕事が、私のところに積み上がっていく。

さっき彼に言い渡された仕事の中には、プロジェクト全体が確認できるまとめ資料を継続して作成することも含まれていた。

出張前に渡した資料が役に立ったようで、よかったと思うべきか、彼と関わる機会が増えたことを嘆《なげ》くべきか。

だから金曜日の夜だというのに、こうして私は秘書課で一人残業をする事態に陥《おちい》っている。

本当は手伝いを頼もうと思ったけれど、どうやら今夜は合コンらしい雰囲気をみんなに醸《かも》し出され、言い出せなかった。

私みたいに初恋をこじらせて二十九まで独り身でいるよりも、今のうちに出会いを掴《つか》み取るべきだと思うしね。

「明日のお見舞いはなんの差し入れしようかな……」

私はふとキーボードを叩く手をとめて、呟いた。

毎週末行くと、溝口さんも申し訳なさそうにするので、適度に空《あ》けるようにしている。

検査ばかりで退屈だと言っていたけれど、もうそろそろ詳細な検査結果も出る頃だ。今後の治療方針やら手術の予定やらが決まっていく。そういうのを支えるのは、私じゃない。彼の家族だ。溝口さんとは近いうちに、今より会いにくくなるだろう。

だから会いたいのに、会いに行くのには勇気がいる。

今は、会社のことを伝えるという名目がなくなってしまったから。

「まだいたのか」

しんと静まり返っていたオフィスにいきなり低い声が響いて、私はびくっとした。

振り返ると、上着を腕にかけて首元のネクタイを緩めている氷野須王の姿が目に入る。

彼の今日の予定は、出先からそのまま帰宅となっていた。私がそうしたのだから間違いない。

まさか明日から休みが取れるのをいいことに、逆に会社に仕事をしにきたんじゃないだろうな！

「氷野さんこそ、どうされたんですか？」

「忘れものだ。君も遅くならないうちに帰れ」

かすれた声で言い放った後、プレジデントルームに向かっていく。

……帰れないのは、あなたが大量の仕事を命じたせいですけどね。

後は東南アジアからのメール待ちなのだ。それが確認できさえすれば、気兼《きが》ねなく週末を過ごせる。海外で勤務経験のある彼のおかげで、海外への販路を検討していた老舗《しにせ》のお醤油《しょうゆ》屋さんのアジア進出が現実味を帯《お》びてきたのだ。そういうところはやっぱりすごいと思う。

溝口さんが後継者に彼を指名したのには、海外進出することで地方企業の販路を拡大する狙いもあったのだろう。

私はようやくきたメールの内容を確認して、帰り支度を整えた。

戸締《とじま》りは氷野さんにお願いしていいだろうか、と部屋に近づいた時、がたがたっと大きな音がする。

「氷野さん！　どうされました？　氷野さんっ！」

ノックをして声をかけたけれど返事がない。どうしようか迷ったのは一瞬で、私はドアを開けた。

「氷野さんっ！」

見れば床に膝をついている彼の姿があって、私は慌てて駆け寄る。

「大丈夫だ……なんでもない」

ひどくかすれた声に、思わず顔をのぞき込む。

額には汗が浮かび、顔色がかなり悪い。

立ち上がろうとする彼を支えるために手を伸ばし、ソファまで誘導した。彼は、だらりと体をソファに預ける。どう考えても大丈夫じゃない。

「大丈夫だ。戸締《とじま》りはしておくから君は帰れ」

「……熱はあるんですか？」

「……君には関係ない」

「タクシーを呼びます。今夜開いている病院を調べてきます」

「病院は必要ない。明日は休みだし、家に帰って休めばなんとかなる。ここで少し休んだら帰るから、君は気にせず帰れ」

口調にも覇気《はき》がないくせに、なにを言っているんだろうと思う。

こんなふうになっても、彼は他人に甘えたり、頼ったりすることができないのだろうか？

溝口さんはこういう時、遠慮せず私を頼ってくれたのに。

溝口さんとは違う、そう思った時、当たり前だ、と気づいた。

だって、私とこの人の間には、上司と部下としての信頼関係さえない。

上司の体調管理も秘書の仕事の一部だとわかっていたのに、私は専属秘書じゃないからという理由でその配慮を怠《おこた》った。

甘えられないいんじゃない。頼れないいんじゃない。私が彼にそうさせているんだ。

彼は片手で額を押さえて、それ以上なにも言わなかった。きっと私に、これ以上なにかを言う元気もないのだろう。

私はパタパタと動いて、常備していた体温計を持ってきて彼の前に差し出した。

「熱、測ってください。できないなら私が無理やり測りますけど、よろしいですか？」

「君は……」

「病人は黙って言うことを聞いてください。救急車呼びますよ」

私の脅しに屈したのか、彼は奪うように体温計を取り上げた。肩がわずかに上下している。息も少し荒いし、高熱があるに違いない。

私は彼が熱を測っている間に、タクシーを呼び、戸締《とじま》りを確認する。

すべてをチェックし終えて部屋に戻ると、体温計がセンターテーブルに置かれていた。

私は体温をチェックして、ため息をついた。

「病院……」

「病院は行かない」

随分きついだろうに、そこだけは断言する。余程、病院が嫌いなのだろう。子どもみたいだ。点滴を打てば楽になるだろうけど、それは最後の手段のようだ。

「立てますか？　それとも警備員を呼びますか？　私が手を貸すのでもいいですか？」

「警備員を呼ぶなんて勘弁してくれ。自分で立てる」

私は自分の荷物と、彼の荷物を手にして、それから少しだけためらったものの、彼の腕を取り立ち上がらせる。さすがに彼は振り払いもせず、文句も言わず歩いた。

『アイスキング』も熱を出すこともあるんだな、とバカなことを思いながら、私はなんとか彼と一緒にタクシーに乗り込んだ。

＊　＊　＊

氷野須王の住まいはイメージに違《たが》わず、会社近くの高級マンションの高層階にあった。距離的にタクシーを呼ぶほどじゃなかったかなと思ったけれど、病人だから仕方がない。

タクシーを降りる頃には彼は無言で、体温がどんどん上がっているように感じられて気が気じゃなかった。

部屋の前に着き、彼の代わりにカードキーをかざしてドアを開ける。

「氷野さん、寝室はどちらですか？」

彼が顔を上げて示した場所に、連れて行く。

電気をつけると、十畳ほどの部屋の真ん中に、キングサイズの大きなベッドがあって、彼はすぐに横たわった。

ベッド横にサイドテーブルとスタンドライトがあるだけで、机も椅子もない。

私は自分の荷物と彼の荷物を床の端っこに置いて、これからどうするか悩んだ。

多分、彼の望みは私がこのまま帰ることだ。

かなり高熱ではあるけれど、いい大人なんだから、一人でなんとかできなくはない……多分。

「悪いが水がほしい。冷蔵庫にあるから頼めるか？」

「わかりました」

私は廊下の奥へ進んで、キッチンを探す。

壁の電気を適当につけると、リビングダイニングが広がっていた。この部屋もモデルルームのような生活感のなさだ。その奥にはフローリングの書斎があって、机と本棚が置かれていた。そこは本や資料で埋め尽くされている。

キッチンへ行き、冷蔵庫を開けると瓶のミネラルウォーターがあって、半分残っていたものとグラスを持って行く。

寝室に戻ってからグラスに水を注《つ》いで、彼に渡した。

彼はなんとか体を起こして、ベッドヘッドのクッションにもたれかかる。

「食事は終えたんですか？　お薬はありますか？」

彼が水を飲み干すのを見計らって、私は聞いた。

そして、彼の答えを待たずに、次の質問もする。

「ご家族の方か、親しい方か、来てくれる人はいますか？」

「両親は海外。帰国して間もないから、日本の友人とはまだ連絡をとってない」

「……恋人は？」

ものすごく差し出がましいとは思ったけれどあえて聞いた。恋人がいるなら彼女に任せるのが一番だと思ったからだ。私だって心置きなく家に帰ることができる。

彼はふっと私を見上げた。熱のせいで潤《うる》んだ眼差《まなざ》しは、どことなく色っぽい。

「特定の恋人はいない。呼べば喜んで来そうな相手には何人か心当たりがあるが……見返りも相応に支払う必要がありそうだから、呼ばない」

すらすらと答えてくれるのは、きっと意識が朦朧《もうろう》としているからに違いない。だって普段の彼なら、こんなプライベートなことを答えたりしないだろう。それにしても、呼べば喜んで来そうな相手が何人もいることに驚きだ。

もちろん本人が望めば女性に不自由しないとは思うけど、礼香が女嫌いだと言っていたから、そんな相手はいないだろうと思い込んでいた。

「女嫌い、というわけではないんですね」

思わずポロッと漏らしてしまって、慌てて口を覆《おお》う。

「女嫌い……ね。嫌いというよりは信用していない、というのが正しい。女は男に近づく時、それ相応の見返りを望む。それが金か名誉か見た目か愛かの違いはあれど――」

氷野須王は私の迂闊《うかつ》な発言を気に留めることなく呟いた。

あまりにも重みのある発言で、恋愛経験皆無《かいむ》と言ってもいい私には理解できない。

「君は、俺になんの見返りを求める？」

「なにも求めませんよ。あなたが私の上司で、私が秘書だからやっているだけです。それより、食事はとりましたか？　お薬はおうちにありますか？」

あえて見返りを求めるなら、給料に反映してくれないかな。でもそれは口にはしなかった。

彼はぼんやりと私を見つめた後、ふたたびベッドに横たわる。

「氷野さん！」

「食事はしてない。薬はどこかにあるだろうけど覚えてない。君はもう自由にしていい」

そのまま、すうっと目を閉じる。

意識を失ってしまったのかと焦って顔をのぞき込むと、寝息が聞こえてきた。

汗で前髪が額に張り付いている。ネクタイは外して、シャツの第一ボタンだけは開けているけど、このままの格好じゃ寝苦しいだろう。

ぐるりと部屋を見まわしてみる。クローゼットらしき扉は見つけたものの、そこから着替えを勝手に出すような勇気はない。かといって、このまま弱っている上司を放置するのは気が引ける。

「……あなたの言う通り……自由にさせてもらいます」

私は仕方なく彼の部屋のカードキーを手にし、いったん部屋を出た。

＊　＊　＊

俺が日本に戻ってきたのは久しぶりだった。

今の時期は梅雨《つゆ》で、湿度が高く辟易《へきえき》していた。おまけに昼間は蒸し暑いのに、朝晩は涼しい。そんな気温差にも慣れなかった。

風邪などあまり引いてこなかったから、体のだるさに気づくのが遅れた。

こんなふうに寝込むのは、何年ぶりだろう――

燃えるように体が熱くて寝返りを打つ。俺の額に冷たいものが置かれて、その心地よさに息を吐いた。ぼそぼそとやわらかな声が聞こえては、首にも冷たいものが行き来する。

ふたたび額に冷たいものが置かれて、意識が浮上した。

「あ、気づきました？」

ぼやけた視界にメガネが映る。その人物の輪郭《りんかく》を捉《とら》えると、見覚えのある顔がほっと表情を緩めるのがわかった。いつもは口をきゅっと結んで、俺を睨《にら》むように見てくるから、そんなやわらかな表情はできないんじゃないか、と思っていた。

「よかった。汗びっしょりだから着替えないと、このままじゃ余計に悪化します。それから、食欲はないかもしれませんが、少しだけでも召し上がってください。お薬を飲むためにも」

「……まだいたのか」

なんでいる？　と聞きそうになってやめた。

警備員や救急車の世話にならずに済んだのは、彼女が俺の要求通りに動いてくれたからだ。

「私に帰ってほしければ、せめて着替えてお薬を飲んでください。そこまで見届けたら帰ります。それ以上の余計なことはしません」

――自由にしていい、と言ったのは氷野さんですよ。だから自由にさせてもらいました、そうだ。

シャツもズボンも汗で張り付いて気持ちが悪かった。彼女の言う通り、着替えたほうがよさそうだ。

彼女が続ける。

「クローゼットの一番上の引き出しに部屋着がある。取ってくれ」

関崎凛は一瞬だけクローゼットと俺を戸惑うように見た後、おずおずとクローゼットに近づいて扉を開けた。仕事では言われたことをテキパキやるのに、こういうことは慣れていないように見える。

彼女が引き出しから取り出した部屋着を受け取り、ばっとシャツを脱ぐ。

彼女は慌ててうしろを向いたけれど、俺は気にもせずにズボンもすべて脱いだ。ついでに、そばに置いてあった濡れタオルで体も軽く拭く。ベッドの横には白いタオルが何枚か重ねてあって、さっきからそれが俺の額や首を行き来していたのだと気づいた。

「着替えたぞ」

熱が下がったわけじゃない。でも少し眠ったおかげで、大分楽になった気がする。

「あ、えと……食事とれそうですか？　すみません、勝手にキッチンを使いました」

サイドテーブルの上に置いていたらしいお盆を抱えて見せる。

白い器におかゆがあって、俺はまじまじとそれを見た。

「うちに米なんかなかっただろう？」

「私だって、いきなり人様の家のキッチンで勝手に料理はできませんよ。コンビニで買ってきたレトルトを温めただけです。ゼリーとかヨーグルトとかフルーツとかも適当に買って冷蔵庫に入れています。あと、アレルギーとかわからなかったので、解熱剤も数種類買ってきました。いつも飲んでいるのとかありますか？」

俺はじっと関崎を見た。ここまで気遣われれば、普通の男なら自分に気があると錯覚《さっかく》してもおかしくない。

俺ならば、どんな裏があるのかと疑う。

けれど関崎にはそんな「女を感じさせる色」みたいなものは見えなかった。

そもそも彼女からは、俺に対する好意を欠片《かけら》ほども感じたことがない。

専属秘書になる気もないらしく、俺に近づかないようにしている節《ふし》がある。

だからこれは秘書としての行為なのだろう。確かにそれには助けられているけれど。

……読めない、女。

「秘書だからって、ここまでしなくていい」

俺の言葉に関崎は表情をくもらせる。泣きそうにも見えて、俺は少しドキッとした。

「……いえ……上司の体調管理も秘書の仕事です」

関崎はグラスに水を注《つ》いで、お盆の上に薬の箱と一緒に載せた。

「私は、溝口さんの顔色の悪さにずっと気がついていました。大丈夫だと言うのを鵜呑《うの》みにせずに、もっと早く病院に行けるようにすべきだったと思っています。氷野さんのスケジュールが過密なのも気づいていました。このままじゃ、いつか倒れるんじゃないかって心配だったんです。でもどう手出ししていいかわからなかった。そうして見逃していたせいで、結局こうなってしまいました」

「俺が熱を出したのは……君のせいじゃない。溝口さんのことだって」

彼女の後悔が伝わってきた。

溝口さんはまだ若い。きっと自分が作り上げた会社を、他人に譲りたくはなかったはずだ。

彼の専属秘書として一番近くにいたのに、こんな結末を迎えてしまったことに対して、彼女は自分を責めているのだろうか。俺はなにも言えなくて、彼女の手からお盆を受け取った。

そして、少し冷めたおかゆをかき込んだ。食欲などないと思っていたのに、意外に食べることができた。それから、適当な薬のパッケージをあけて錠剤を飲む。

その間、関崎は黙ったまま、見守っているのか見張っているのかよくわからない空気を出していた。

スケジュールを調整して、わざわざ週末をフリーにしてくれたのに、せっかくの休日を無駄にしたのか。

いや、おかげで休養できて仕事に支障が出ずに済んだと思えばいいのか。

……秘書なんて、命じたとおりに動けばいいと思っていた。

彼女の気遣いは、俺には居心地が悪い。

「……今日は迷惑をかけてすまなかった」

「そういう時はお礼を言うんですよ。でも、お薬を飲んでくれてほっとしました。週末はゆっくり休んでください。私は片づけたら失礼します。冷蔵庫にいろいろ入れたので召し上がってくださいね。栄養ドリンクや補助食品ばかりに頼るのは、あまりおすすめしません」

冷蔵庫の中を見たんだろう。俺はバツが悪い思いをしながら体を横たえた。

「……ありがとう」

ぼそぼそっと呟くと「いえ」とだけ告げて、彼女は部屋を出ていく。

体の中にこもった熱に身を委《ゆだ》ねて、俺はそのまま眠りについた。

＊＊＊

氷野須王が高熱を出して倒れた日。それはつまり私がかなり余計なことをしでかした日だ。

日が経つごとに、私はあの時の自分の行動が秘書として正しかったのかどうか、わからなくなっていた。

彼は熱で朦朧《もうろう》としていたせいで、普段なら絶対口にしないようなことまで喋ってくれた。

さらに、素直に『ありがとう』と言ったのだ。

熱でぼんやりしながらも、わずかに口元を緩めてそう言った姿は、あまりにもいつもの彼と違っていて『この人もこんな表情をするんだな』と少しだけ感動してしまった。

……普段ほとんど無表情のくせに、ああいうのはなんかずるい……

多分、私は彼のプライベートに踏み込み過ぎたのだと思う。

部屋に押しかけ、寝室にまで出入りし、必要以上のお節介をした。

かといって、もう一度あの場面に戻ったとしても、放っておくことができたかというと、それはそれで自信がない。

ただ、あの日から私の胸には妙なものがつかえている。

水を飲んでも、胸をどんどんと叩いても、通り過ぎていかないなにか。

それがなにかわからなくて、もやもやしている。

それに、どことなく彼も変わった。

完璧主義で、すべてを自分で把握《はあく》しておかなければ気が済まない感じだったのに、今は少しずつ他の人に仕事をまわすようになった。

余計なことをしても怒らなくなった。自分の予想と違うとちょっと納得いかない表情をするけれど、それで相手に冷たく言い放つことは減った。

その変化を感じ取った周囲は『さすがひだまりちゃんだ。アイスキングの氷が少しずつ溶けてきたぞ！』と陰でささやいている。ようやく、うまくまわり始めている気がして、私は安堵《あんど》していた。

確かに彼女は頑張ってくれている。私と彼女で業務を分担しているようなところはあるけれど、覚えた業務は秘書課にまわさず、自分で対処できるようにもなってきた。秘書課全体の雰囲気も、以前よりはやわらかなものに変わりつつある。

プレジデントルームに呼ばれた彼女が部屋から出てきた時に、今度はなんの仕事を命じられたのかと、秘書課の人たちが一瞬手を止めて身構えるのだけは変わらないけど。

今日もパタパタと大川さんが飛び出してきて、私の机に走り寄ってくる。

久しぶりに泣きそうな表情を見て、なにかあったかと私も思わず椅子から立ち上がった。

「どうしたの!?　大川さん！」

「……関崎さん、すみません。氷野さんがお呼びです」

……今度はなに？

私はそんな疑問は顔に出さずに「わかったわ」と返事をして、彼女と共に向かった。

プレジデントルームで彼に差し出されたのは一通の招待状だった。

二週間後に行《おこな》われる海外に本社がある企業の、日本進出三十周年記念パーティーのもので、会場は外資系高級ホテルだ。

うちの会社宛にきたのは多分初めてである。だって、うちとはなんの関係もない企業だから。

「これが、なにか？」

「俺が以前関わっていた企業のパーティーだ。その関係で招待状がきた。招待された企業の中には、今後うちのプラスになりそうなものもある。顔繋ぎをしておいて損はない。参加しようと思うが、パートナー同伴、英会話能力必須だ」

「それで大川を連れて行くんですか？」

「そのつもりだった」

そう言われた瞬間、なんだか嫌な予感がした。

無表情の彼と、申し訳なさそうに落ち込んでいる大川さん。

「彼女は英会話がダメだそうだ。今回は海外企業のトップも多くくるから英会話は必須になる。それで、彼女の代わりを君にしてもらいたい」

……英会話。

大川さんが落ち込んでいるのは『役に立たなくてすみません』という気持ちからのようだ。

「英会話なら、私よりも適任者がいます。彼女にお願いしてみましょう」

いい考えだ！　と思ったのに、ひゅっと寒気がした。冷気を漂わせたのは、もちろんアイスキングだ。

「俺は、君に、命じている」

あえて『君に』の部分を強調してきた。

英会話の得意な子は確かにいるけれど、冷気を発する人のパートナーとして行くのを嫌がる姿も目に浮かぶ。

「関崎さん……時間があれば私も頑張って英会話を勉強してお役に立ちたいと思っていますが、今回はお願いできませんか？　私が至らないばかりにいつもご負担をかけて、本当に申し訳ありませんん！」

「え？　あ……大川さんは頑張っているわ。だから気にしないで、ね」

だって、この人の個人的な繋がりできた招待状だもの。本当なら発生しなかった仕事だもの。

でも逆に言えば、だからこそ世界が広がっていくチャンスなのだけれど。

「決まりだ。では、以上」

あまり近づきたくない相手のはずなのに、なんやかんやと関わりが増えていることに、私はこっそりため息をついた。

＊＊＊

二週間後のパーティー当日。準備を整えた私は、自分のマンションの鏡の前で最後の身だしなみチェックをする。

外資系企業の関係者も多いうえに、新たな取引先の開拓も兼ねているとなれば、それに見合ったものを身にまとったほうがいい。私は、着物を着ていくことにした。

昨日のうちに押し入れの桐《きり》ダンスから出して、着物のしわは伸ばしている。先月ちょうど、虫干しをしておいたのでシミや汚れがないのも確認済だ。

長襦袢《ながじゅばん》は涼し気な素材のものにして汗対策をする。この季節にまとうのは裏地のついていないひとえの着物だ。訪問着だと華やかすぎるので、淡い色合いの付け下げにした。帯は逆に濃い目の色の紗《しゃ》の袋帯だ。

髪はまとめたほうがすっきりするけれど、長さが足りないので着物をリメイクして作られたバレッタをつけた。そして普段のメガネだとやぼったく見えるから、頑張ってつけ慣れないコンタクトレンズにする。

——着物を着るのは久しぶりだ。でも着物を着ると、背筋がシャンッと伸びて、凛とした立ち姿になる。

「ひとえの着物って、なかなか着る機会がないのよね」

思わず、ひとり言がこぼれた。

基本的にはひとえの着物は六月と九月に着るものだ。今は温暖化で暑い時期が長くなったので、気温に応《おう》じて五月や十月に着ても差し支えない。

「呉服屋の娘としては、もう少し着物を着る機会を増やしたほうがいいんだろうけど……」

そう、私の実家は呉服屋だ。商店街に店を構える昔ながらの小さなお店である。

着物は今や日常着ではなくなり、七五三か成人式の時の特別な装《よそお》いになってしまった。そのため十数年前に廃業の危機に陥《おちい》って、それを救ってくれたのが溝口さんだった。

まず彼は、着物のマイナス面――着付けが難しい、値段が高い、着る機会がない、保管やメンテナンスがわからないといったことをどうしたら解決できるか、一緒に考えてくれた。

そして、うちで着物を購入したお客様にはいつでも着付けを無料にした。

それから、着物を着る機会が増えるように、商店街主催のお祭りを企画。

着物の保管やメンテナンスの方法は随時教えるようにして、場合によってはうちで預かることも考えた。

最近は、自宅で丸洗いできるいろんな素材の着物が開発され、諸費用を抑えられるようになり、業界全体が活性化している。

その効果で、うちの店も持ち直すことができた。今は、良質な素材と、優秀な職人さんの手で紡がれる反物《たんもの》を取り扱う昔ながらのお店を祖父母と両親が経営し、リサイクルの着物や手ごろな素材の反物《たんもの》を扱うお店を兄が経営している。

着物はひとつの反物《たんもの》を切って、繋ぎ合わせただけのものだ。だから糸を解《ほど》けばまた反物《たんもの》に戻る。

昔はそうやって、誰かに合わせて仕立て直し、最終的には赤ちゃんのおしめや雑巾にして最後までその布地を使い切る、エコな衣服だったのだ。

だから着物として着られなくなったものは小物にリメイクして、売ることにした。

それは裁縫《さいほう》が得意で小物づくりのお店を開きたいというオーナーを募集して任せた。

そういうアイデアを、溝口さんはたくさん出してくれた。

『人がいないなら、人が集まるように仕向けましょう』

溝口さんはそう言って、人が集まりたくなる仕掛けをたくさん考えて、商店街を生まれ変わらせた。

おかげで、私の実家のある地域の子どもたちは幼い頃から着物に馴染《なじ》んでいる。

お宮参りにはじまり七五三、入学式や卒業式には彼らの両親が着物を着る。そして夏には浴衣、お正月には着物と、折に触れ親しんでいる。

兄などは、毎年小中学校に呼ばれて、着物の着付け講座を開催していると言っていた。

最近また着物のよさが見直されて、ブームになっているので、次は海外進出を目指すのもいいかもしれない。

「ま、そこまでは手がまわらないけど」

身だしなみを整え終え、玄関へと向かう。

せっかくの機会だ。パーティーに駆り出されたからには大いに利用させてもらおう！

社用車で迎えに来てくれるということだったので、私はマンションの下で待っていた。

スマホを見て、彼からの着信がないか確認する。

今回の件でなぜか連絡先の交換をすることになり、それはそれで微妙な気分だ。

もうすぐ着くから下に降りていてほしい、とメールがきたのは五分前。そろそろ着く頃だろうか。

すると、黒塗りの立派な車の姿が見えてくる。

目の前で止まり、運転手さんがさっと降りて、後部座席のドアを開けてくれた。

「失礼します」

裾が広がらないように気をつけて腰を降ろすと、タブレットを見ていたらしい氷野須王が顔を上げた。

その目が驚いたように見開かれる。

私は私で、いつものスーツ姿とは違うフォーマルな彼の格好に、ドキッとすると同時に背筋がひやりとする。

……二割増しでカッコいい、けどそれ以上に冷ややかな気もして怖い。

「着物……それにメガネ……」

ああ、着物姿だけじゃなく、メガネをかけていないことにも驚いたのか。

「外国のお客様が多いなら、こちらのほうが喜ばれると思いまして。メガネは装《よそお》いに合わなかったのでコンタクトにしました」

特に服装については指定されなかったから、勝手に着物にしてしまったけれど、相談したほうがよかった？

帯が崩れないように浅く腰かけてからシートベルトをつける。

「あの、ダメでしたか？」

「いや、ダメじゃない」

即答はしてくれたけれど、視線が痛い。

車はいつの間にかすーっと発進している。

最近の高級車は音が静かすぎて、隣に座る彼の声が必要以上にはっきり聞こえる。

私は声フェチとかではないけれど、低く響くいい声だなと思ってしまった。

「わざわざ着付けに行ったのか？」

「自分で着付けました。着物も自前です。私、実家が呉服屋なので」

「そう……か。これは……いろいろ気をつけないとな」

「はい？」

彼の言葉の意味がわからなくて思わず素《す》で聞いてしまい、私は慌てて口元を手で覆《おお》った。

「綺麗《きれい》だから……汚さないようにしないと」

ああ、そういう意味。

「はい。気をつけます」

着物を着ると、どことなくおしとやかになった気がして、私はかわいらしく言ってみた。

彼は目を細めて眩《まぶ》しそうに私を見る。

「着物、めずらしいですか？」

こんな、くすぐったくなるような優しい視線を向けられると調子が狂う。

あの発熱した日の『ありがとう』といい、今日といい、いつも氷のように冷たい感じのする人が見せる些細《ささい》な隙は、迫力がありすぎる。

「多分、着物姿の女性を間近で見るのは初めてだ。俺は成人式にも出席していないから」

「ああ、海外留学されていましたね」

「よく知っているな」

「――それは、新しく就任されるトップの情報ぐらい把握《はあく》しています」

まるで、そんなに俺に興味があったのか、と言われた気がして、言い訳がましく反論した。

――今日の私の服のせいだろうか。それともここが会社ではないせいだろうか。

さっきから、なんだか彼らしくない空気が流れている。

「君は髪も染めていないし、自分で着付けられるからか着物姿が馴染《なじ》んでいる。とても似合っている」

まさかそんな言葉が出るとは思わなくて、私はびっくりして彼を見た。

彼は自分が言ったことなど気にもせずに、運転手さんにホテルのエントランス前まで入るように指示を出していた。

仕事では、とにかく必要事項しか話さない。

簡潔に指示してくるし、無表情だし、口調も冷たい。

仕事とプライベートが違うのは当たり前だけど……

ホテル前に到着すると、やっぱり音もなく車が停まって、私はドアに手をかけた。

「関崎、待て」

彼はそう言うと、先に車を降りていく。それから私の座っている側へまわりドアを開けた。開けただけならまだよかった。男の人の大きな手が目の前に差し出される。

……これをどうしろと？

「関崎、後がつかえている。急いで降りろ」

だって、こんなことされたことないもん！　どうしたらいいかわからないし！

パニックになりつつも、私はおそるおそる彼の手の上に自分の手をのせた。

強引に掴《つか》まれることもなく、彼はそっと私の手を包んで車から降りるのを支えてくれた。

「あ、りがとう、ございます」

「……そこまで赤面することか？」

言わないで！　気づいても言わないで！　エスコートされるのなんて慣れてないんだもの！

彼の手がすっと離されたかと思ったら、今度は腕を組まされる。

「着物だと歩きづらいんだろう？　俺の腕にしっかり掴《つか》まっていろ。……それに海外じゃエスコートは当たり前だし、今日の場では自然なことだ」

私は着物を着てきたことを後悔しつつ、彼の言うことはもっともなのでそれに従うしかなかった。

それでもかなり恥《は》ずかしい。こんなふうに男性に扱われた経験などないうえに、相手は氷野須王だ。

「……あまり恥《は》ずかしがるな。俺も落ち着かなくなる」

「……すみません」

「だが……君でも戸惑うことがあるんだな。俺がなにを言ったって澄ましているから、こういうことも平気だと思っていた」

「仕事とこういうのは別です！」

彼の腕が揺れる。見れば肩を震わせて笑っていて、私は初めて彼の笑顔を見た。

……わ、らえるんだ。

会社では、にやりとすることはあっても笑う姿など見たことがない。

「笑わないで、くださいっ」

「……悪い、っでも――」

私は恥《は》ずかしさと訳の分からない混乱と、胸の奥につかえたものの重みとが合わさって、彼の腕から手を離して先へ進もうとした。

瞬間、カーペットに足をとられて転びそうになる。

すると力強い腕が私のお腹にまわされて、私は彼の胸に引き寄せられた。

「ほら、危ない」

耳元でささやかれた低い声、馴染《なじ》みのない香り、彼の体温、それらが一気に私に押し寄せてくる。

ぞくりと背中に冷たいものが走る。

「関崎？　大丈夫か？」

彼は私を立たせ、顔をのぞき込む。

私は咄嗟《とっさ》に俯《うつむ》いた。

「大丈夫、です。ありがとうございます」

「だから腕、掴まっとけ」

「……はい」

つまずかないように下を向いているふりをする。柔らかな素材のサマースーツの袖の上から彼の腕を掴《つか》んでいるだけなのに、そこから熱が伝わってくる。

ぞくりとした寒気と相反する熱。

私の体の中で渦巻くそれらを、なんとか抑え込む。

普段と違う彼を見てしまったから、だから混乱しているだけ。

パーティー会場に入った時、私はそっと顔を上げて彼の横顔を盗み見た。

――眩《まぶ》しく見えるのは天井のシャンデリアがキラキラと光を振りまくせいだと思いたかった。

＊＊＊

主催者の挨拶《あいさつ》が終わり、少しの間歓談した後、俺は会場の隅にある飲み物のコーナーに近づいていった。シャンパンやワイン、焼酎《しょうちゅう》に日本酒、ビールにブランデーとたくさんのアルコールが準備されている。

俺は関崎の分のウーロン茶と、自分の分のシャンパングラスを手にした。

「須王！　おかえり」

声をかけてきたのは留学先で一緒だった男だ。卒業後はしばらく海外を転々としていたが、数年前に俺より先に日本に戻っていた。

俺は久しぶりの対面に、手を差し出してがっちり握手した。彼の左手の薬指には指輪が煌《きら》めいている。

「君が日本に帰ってくると聞いて驚いたよ。会社経営はどう？」

いたずらっぽく笑みを浮かべて聞かれて、俺は曖昧《あいまい》に言葉を濁《にご》した。

海外と日本の違いを顕著《けんちょ》に感じているし、スムーズにいかないことも多い。いまだ手探り状態で、どの方向に舵《かじ》取《と》りしていけばいいか、それで社員がついてくるかなど迷いもある。

この男だって、いずれは父親の会社を継ぐ必要があるから日本に戻ったのだ。経営者の立場については言わずとも汲み取るだろう。

「ま、僕としては君の会社経営よりも、連れてきた和服女性のことが気になるけど」

「彼女は秘書だ」

そう答えながら俺の視線は、少し笑顔を交えながら会話ができるようになったらしい関崎の姿をとらえた。

着物姿の彼女は、やはり会場内では注目の的だった。パーティーが始まった最初のほうは『Japanese Kimono so cute.（着物がとてもかわいいね）』『May I take a picture with you?（一緒に写真を撮りませんか？）』など、手当たり次第に声をかけられていた。

海外からの客人が多いことは伝えていたが、予想以上だったのだろう。耳が馴染《なじ》まなかったのか『I beg your pardon.（もう一度言ってくださいませんか）』などと聞き返すことが多かった。

関崎は、いつも落ち着いていて、淡々と仕事をこなすイメージが強い。

そんな彼女がわずかに緊張した様子で、戸惑いながら、そして時に『これで大丈夫でしょうか？』とでも言いたげに縋《すが》るように見上げてくる。

女に、いかにも頼りなさげな風情《ふぜい》を出されると、俺はむしろ嫌悪感を覚える性質《たち》だった。

裏があればあったでわざとらしくて鼻につくし、なければないでその鈍《にぶ》さに腹が立つ。

色気やか弱さ、清純さや甘えや媚《こ》びと女の武器はいろいろあるけれど、その中で俺が一番嫌いなのは清純なふりをする女だった。

関崎凛が、そういうところを自分の売りにしているかは知らないが、黒髪おかっぱにメガネといった出《い》で立《だ》ちは、俺にそうと感じさせるのに十分で――それには俺の過去の経験からくる猜疑心《さいぎしん》も大いに働いているのだけれど――俺が一番警戒していたのは、清純さの中に色気を出してきた最初の秘書でも、優しさと鈍《にぶ》さをはき違えている大川ひまりでもなく、彼女だった。

なのに――

「そう、か。秘書ね……君が結構気にかけているから、特別な女性だと思ったんだけど」

特別に警戒していたという意味なら間違っていない。

「着物姿で目立つからな。あれは放っておくと、海外からの来客に気に入られて連れていかれる」

「大和撫子《やまとなでしこ》そのもののイメージだからね。真っ直ぐで綺麗《きれい》な黒髪に、あの雰囲気はまるでお人形みたいだ」

この男の言う通り、今日の彼女は美しい日本人形のようだ。俺にとっての関崎凛のイメージは、真面目でお堅い、ただのおかっぱメガネだったのに。特にメガネの印象が強くて、正直素顔を知らなかったと言っても過言じゃない。

着物姿にメガネは似合わないからコンタクトにしたと言っていたが、慣れないせいか今日は目が常に潤《うる》んでいて雰囲気がまるで違う。

顔立ちは多分ごく普通なのに、着物姿の清楚さと相まって、ものすごく人目を引く。

車で迎えに行った時、あまりの雰囲気の違いに驚きを隠せなかった。

英会話能力に問題はない。ただ、相手が早口で聞き取れないことがあるようで、今も一生懸命聞き取ろうと相手の目をじっと見ている。緊張や不安を隠そうとして笑みを浮かべるせいか、それがとても控えめに儚《はかな》く見えて、ますます男の庇護欲《ひごよく》をくすぐっている気がする。

そのうえ相手からのスキンシップをどの程度まで受け入れればいいのかわからずにいるようで、なかばされるがままだ。俺は見ているうちに、だんだんイライラしてくる。

「悪い……俺、戻る」

「こっちこそ引き留めて悪かった。今度、時間を作ってゆっくり話そう」

「ああ。俺も愚痴《ぐち》りたいことがたくさんあるからな」

俺は別れを告げて、関崎のもとへ足早に戻った。

どうやら今は髪飾りに話題がうつっているようで、金髪の男が彼女の髪に触れている。

彼女は「着物の生地をリメイクして作ったものです。日本からのお土産《みやげ》にも喜ばれますよ」といったことを英語で説明していた。

そのうち金髪は「会社として取引してもいい。詳しく説明を聞きたい。このホテルに泊まっているから、部屋でゆっくり話そう」などと誘い始める。

早すぎて聞き取れなかったのか「今から？　部屋？」と関崎は聞き返しているが、ホテルの部屋に誘われている時点で気づけ！　と怒鳴りたくなった。

俺は関崎の髪に触れている男の手をやんわり離すと「話なら俺の前でしてもらおう」と言い返して追い払った。

仕方なさげに去る金髪男と俺を交互に見ては、関崎が「え？　今なんて？」と言っている。

仕事になりそうな相手を探っていくつもりでこのパーティーへの出席を決めたし、パートナー同伴が原則だから英語のできる秘書を連れてきたはずなのに――

「仕事にならないな」

俺の呟きに、関崎の顔色がさっと変わる。俺は内心、自分が言葉を間違えたと思った。

「申し訳ありません。うまく英語が聞き取れなくて、私、氷野さんの足を引っ張っていますね」

英語のせいじゃない、どちらかといえば着物のせいだし、メガネを外したその姿のせいだ。

そして、男の誘いに気づかないせいだ。

けれど、着物姿は場に華を添えていて、むしろ主催者には喜ばれていた。

海外の男は口がうまいし距離感も近い。だから、それをうまくあしらえないのも仕方がない。

そういうのを説明するのが面倒で、俺は彼女にウーロン茶のグラスを渡した。

「向こうに挨拶《あいさつ》したい人がいる。君は俺と一緒にいればいい」

「……はい」

以降、仕事に繋がる関わりを求めて、俺は会場内に彼女を連れまわして一時《ひととき》も離れなかった。

こうして、俺たちはパーティーを終えたのだった。

＊　＊　＊

梅雨《つゆ》入りしてから数日間続いた雨が、土曜日の今日は久しぶりにやんで青空が広がっていた。

体にまとわりつく湿気もなく、日陰にいて風が吹けば涼しさもある。

私は溝口さんが定期購読している雑誌と、お気に入りの作者の新刊を携《たずさ》えて病院を訪れた。

ここのところ特に強く、溝口さんに会いたいと思っていたのだ。

誰かさんの体調不良や、パーティーへの同伴など、ここ最近の週末は忙しくてこられなかったから。

それに、最近の自分のおかしさが気のせいだと思いたかったから。

私がスケジュール管理するようになって、氷野須王は身体的にも精神的にも余裕が出てきたからか、社員を冷たくあしらうことが減ってきた。

つまらないミスへの叱責《しっせき》や、中途半端な仕事のやり方に対しては相変わらず容赦《ようしゃ》なく追及する。

けれど、彼のそつのない鮮やかな仕事の手腕に対して尊敬を抱く社員も出始めていた。

彼に一番近い秘書課の面々は、いまだおっかなびっくりで接しているものの、ひだまりちゃんは随分秘書っぽくなってきた。

専属秘書室に待機しているのはひだまりちゃんだ。しかし毎朝スケジュール確認をするようになったせいで、私に振られる仕事も増えた。

礼香などは『結局二人で専属秘書やっているようなものになったわね』と、面白がるように言っていた。

……なんでこうなったんだろう？

氷野須王の専属秘書になるのは嫌だった。

それは、私にとっての上司はずっと溝口さんでいてほしいという願望があったから。

別の誰かの下で、これまでのように働ける気がしなかったから。

新入社員の研修や配属を任されていて、そっちに力を注《そそ》ぎたいとも思ったから。

私は、病院独特の匂いや音や色を感じながら、ナースステーションの受付へと向かった。

面会者名簿に名前を記入する。

初めて『氷野須王』と書かれた名前を見た日。初めて彼を見かけた日。

首筋に這《は》い上がってくる寒気と、感覚的に『できるだけ近づかないようにしよう』と思った瞬間を思い出す。

まるで走馬燈《そうまとう》のように、私の頭の中に氷野さんとの出会いからこれまでの記憶がぶわっと流れてきた。心の中に燻《くすぶ》っていたものが、その瞬間ぱっと霧散《むさん》する。

「…………」

そう、あの時そう思ったんだよ。この男には近づかないほうがいいって。

それはきっと本能的な危機感。

まさか初めて会ったあの瞬間に、私は自分に警鐘《けいしょう》を鳴らしていたってこと？

近づきたくなかったのは……近づいたら『こうなる』って本能的に察知していたから？

……違うよ、違う。私はなにも想っていない。胸に燻《くすぶ》るような想いがある気がしてるのだって錯《さっ》覚《かく》だよ！

「あの、どうかなさいましたか？」

私が面会者名簿を睨《にら》みつけていたせいだろう。看護師さんが心配そうに声をかけてくる。

私は「いいえ、大丈夫です」と答えて、慌ててそこから離れた。

……ない、ない！　ありえない！　ただの気の迷いだよ！

私は首を左右にぶんぶん振って頭の中で全否定しつつ、特別室へ足早に歩いていく。

……だって私が好きなのは――

私はこげ茶色の扉の前で立ち止まった。この扉の向こうにいる人を思い浮かべる。

私が幼い頃からずっと憧れていた人。

どんなことをしてもそばにいたかった人。

彼のためであれば、なにもかも苦ではなかった。

――そういうのが「恋」でしょう？

ノックの音の返事を聞き終える間もなく、私は部屋に飛び込んでいく。

「やあ、凛ちゃんいらっしゃい」

その穏やかな笑顔に私はいつも安心して、頭を撫《な》でる大きな掌《てのひら》や、『凛ちゃん』って呼んでくれる声が嬉しくて。

「凛ちゃん？」

ほら、この声だよ、私がほしかったの。ほら、あの眼差《まなざ》しだよ、見つめられたかったの。

『こんにちは』と挨拶《あいさつ》したいのに『お待ちかねの新刊が手に入りましたよ』って言いたいのに、私は扉のそばで立ち尽くして俯《うつむ》いた。

大好きな人が目の前にいるのに、私の頭には今もある男の顔がちらついている。

――彼が作った会社なのに、その場所から気配が消えていくのが嫌だった。

彼の世界が壊れて、別の物に生まれ変わっていくのが嫌だった。

私の中から溝口さんを追い出そうとする、あの男が嫌だった。

……ありえない、ありえない、ありえないよ！

「凛ちゃん？」

私はなんとか必死で笑顔を作って顔を上げたけれど、それを見て溝口さんは微妙な表情をしていた。


日陰に行けば涼しいけれど、日向《ひなた》に出るとちょっと蒸し暑い。

私は溝口さんが乗った車椅子を押しながら、病院内の中庭で日陰を求めて歩いていた。

私が病室に入ってすぐに、溝口さんは『今日は久しぶりにいいお天気だから、外に出てみようと思うんだ。凛ちゃん、車椅子を押してもらえる？』と提案した。

——きっと、私の様子が変だったせいだ。病人に気を遣わせるなんてありえない。

でも、穏やかにほほ笑んで言う姿は、私に指示を出してくれた上司としての彼の姿を思い出させて、少しだけ嬉しかった。

家族の面会も多い土曜日ということもあって、病院の中庭にはたくさんの人がいた。

木陰のベンチで小さな子供に囲まれている人や、芝生《しばふ》にシートを広げて寛《くつろ》いでいる人。

庭の端にある東屋《あずまや》でも、笑い声が響いている。

「会社はどう？」

「変化しています。氷野さんは、様々なものをデータ化したので、数値がはっきり出て客観性が増しました。感覚的に把握《はあく》していたことが、成果や課題として具体的に上げられるようになりました」

それらの資料を作るのは大変だったけれど、成果は多かった。

自分のやっている仕事が会社の利益に繋がっているとわかって、急にやる気を出し始めた社員もいる。

「そうか。彼はそこから手を付けたんだな」

「会議時間も大幅に短縮しました。会議室を使わずに、フロアでやるんです。会議室の準備も必要なくなったし、お茶出しの仕事もなくなりました。事前にプロジェクトの進行状況をメールで送り合い、会議用のプレゼン資料が不要になって業務がスリム化しています」

「……それは、みんな戸惑っただろう」

溝口さんは笑いながらそう言った。

戸惑ったなんてもんじゃない。みんな右往左往して、最初の頃はまともな会議にならなかったのだ。

今はようやく体裁が整い始めたけれど。

閉じた会議室でしないから、話の内容も社内である程度共有される。

自然とみんなが今どんなプロジェクトに関わっているか、把握《はあく》できるようにもなってきた。

「君も振りまわされて大変だったかな？」

私は人が立ち去ったばかりのベンチを見つけて、そこに車椅子を押していった。

影を作ってくれている木は、ゆらゆらと葉を揺らしている。

「大変でしたし、今も大変です。でも――」

最初、社内は混乱していた。でも、彼の意図が伝わるにつれて、信頼を寄せる空気が出始めた。

以前はプロジェクトが立ち上がると、私はそのメンバー選定にオブザーバーとして参加して『誰と誰を組ませたらいい』とか、『この人を加えるなら、こっちの人をサポート役に』などアドバイスしてきた。

人と人の関係を見て、メンバー構成を判断していた。それこそ私の曖昧《あいまい》な感覚で。

でも、彼は違う。

プロジェクトが行《おこな》われる地域から、『過去そこに住んでいた経験がある』や『実家がそこにあって詳しい』といったことや、『その分野に興味を持っている』や『バイト経験がある』など、社員たちのパーソナルデータを見てメンバーを決める。

私はそういう変化を寂しく思いながらも、彼を尊敬し始めている。

だから多分、その気持ちが恋愛的な意味での好意とごっちゃになっているだけだ。

「会社は大丈夫だと思います。だから安心して治療に専念してください」

私は車椅子のブレーキをかけて、溝口さんの前にまわった。

ベンチには座らずに、車椅子の前で腰を落として彼を見上げた。

「翔太《しょうた》から検査結果を聞いた？」

「はい、この間、電話をもらって聞きました。手術をすれば可能性があること。その後も治療が必要だけれど未来が見えてきたって、喜んでいました」

翔太というのは溝口さんの息子だ。今は大学四年生で、すでに別の会社に就職先が決まっている。お父さんである溝口さんの病気がわかって、彼は父の会社に入るべきかどうか悩んでいた。でも、若いうちにいろんな世界を見てほしいという溝口さんの意向を汲み、別の会社に入ることを決めたそうだ。

翔太くんからその話を聞いた時、私はやっぱり溝口さんを支えていきたい、そう思った。

せめて翔太くんが一人前になり、公私共にお父さんを支えるようになる日までても。

秘書として彼の仕事を支えてきたように、今度は病気と闘うことになる彼を支えていきたい。

会社を離れた今、私が溝口さんのそばにいるための新たな理由が必要なのだ。

どんな形でも、そばにいたい。

そして溝口さんのそばにいれば、きっと今、自分の胸に生まれた感情なんて錯覚《さっかく》だと気づけるだろうから。

……そうだよ。私が好きなのは溝口さん！　そばにいたいのはこの人！

だから。

だから――

私は想いを込めて、溝口さんを見上げた。

長い長い片想い……決して口にすることはなかった想い。

これからも一番近くにいさせてほしい。支えさせてほしい。

「私もお手伝いします」

……お願いだから、そばにいさせてください。

「これからも溝口さんのそばで……お手伝いをしていきたいんです」

……ずっと、ずっと好きでした。だからこれからも、このままそばに――

「凛ちゃん？」

私の言葉に溝口さんは軽く目を見開いた。その表情で私の気持ちは伝わっているのだと思った。

……溝口さんが好きです！

「凛ちゃん……」

溝口さんは私の名前を呟くと、困ったようにほほ笑んで目を細めた。

私の言葉にどう返事をしようか迷っているのがわかる。

私は、どういう意味にとられてもいいように、あえて曖昧《あいまい》な言葉を選んだ。

ずるいかもしれない。卑怯《ひきょう》かもしれない。でも私には、これが精一杯の告白。

溝口さんの答え次第で、私は自分の気持ちにケリをつけるつもりだった。

もし、『手伝ってほしい』と言ってもらえたなら……周囲にどんな目で見られようと、どんな形であろうと、溝口さんのそばにいる。

でも、そうじゃないなら。

――私はこの恋に終止符を打つ。

溝口さんはすっと視線を空に向けた。絵筆で描いたような薄い雲があるだけの空。濃い青の夏の空。

「妻がね、帰ってきた」

溝口さんは空を眩《まぶ》しそうに見上げたまま、はっきりと告げた。

「翔太には口止めしておいたんだけど、ね。あいつが伝えたみたいだ。もっと早く病気のことを伝えてほしかったって泣かれたよ」

溝口さんとは逆に、私は地面へと視線を落とした。車椅子の前輪が斜めになっている。まっすぐにしてからブレーキをかければよかったと、つまらないことを思った。

息子である翔太くんが大学に入学して一年経った頃、奥さんは実家に帰った。高齢の父親の介護を手伝うためだったという。

でもそれは長期にわたり、いつしか別居という形に変わっていた。

そこから二人がどうなるかは、わからなかったけれど——

「……よかったですね。ご家族みんなで病気と闘っていけますね。でも私にも少しはお手伝いさせてくださいね」

今も、そして昔もきっとこの人は私の気持ちに気づいていたと思う。

初めて出会った頃と変わらない距離を保っていたのは、それがすでに溝口さんの答えだったのだろう。それはきっとこれから先も変わることのない私たちの距離感。

「君には……いつも助けられているよ」

私の肩の震えには気づかないふりをして、溝口さんは「ありがとう」と言った。

互いにそらし合っていた視線が重なる。

日差しの眩《まぶ》しさに、私は目を細めることで浮かんだ涙を誤魔化した。

＊＊＊

病室を訪れると、そこには誰もいなかった。

俺は扉の前で立ち尽くし、この部屋の主《あるじ》である溝口さんがどこにいるか聞こうと周囲を見まわす。

その時、廊下を曲がってきたのは若い男性だった。濃紺《のうこん》のＴシャツにジーンズ姿で大学生ぐらいに見える。毛先に明るさが残っているのは、就職活動のために髪の色を黒に戻している最中なんだろう。

彼はぺこりと頭を下げて、俺と同じように病室をのぞき込んだ。

「え、と……父のお見舞いにいらしたんですか？　僕は息子の溝口翔太です」

「……氷野須王です」

息子、と聞いて自分の肩書きを告げるのをためらった。

だが彼は俺の名前をきちんと把握《はあく》していたようで、さっと顔色を変え、先ほどよりも深く頭を下げてきた。

「父の会社に来てくださって、ありがとうございました」

「いや、私は別に」

「噂はお聞きしていましたが……氷野さん、すごくカッコいいですね。モテるでしょう？」

彼は頭を上げると、にこっと笑う。

やんちゃな笑顔には、やや乱暴な言葉遣いやその内容も気にさせないぐらいの威力があった。

「父、いませんね……この荷物、凛ちゃんのかな？　車椅子もないし散歩にでも出かけたかもしれないですね」

彼はそう呟き、「すみませーん」と大きな声で、歩いていた看護師に父親の居場所を聞いていた。

なんというか、人との距離感がかなり近い男らしい。

そして情報を得ると「やっぱり散歩に出かけたみたいです。中庭でしょうから行ってみますか？」と誘ってきた。

初対面の人間にここまでざっくばらんに対応されたのは、海外留学以来だ。

そういえばあっちではこういうのが当たり前だったと、半年前までいたくせに懐かしく思った。

誘いを断れずに、俺は彼の後をついていく。

その間も、彼は会社のことや、仕事の内容などいろいろ質問してくる。そこから彼が来春大学卒業予定であることや、就職先が決まっていることを知った。

病院の中庭は、想像以上に綺麗《きれい》に整えられていた。

車椅子で行き来しやすい遊歩道に、適度な間隔で置かれたベンチ。

緑の芝生《しばふ》が広がり、高低差のある木々がバランスよく配置されている。

奥のほうには赤や黄色や緑の遊具が見えて、そこは子どもたち専用のスペースのようだった。

彼は二人の行き先がわかっているのか、迷いなく道を進んでいく。

俺は周囲の様子を眺めながら、後を歩いていた。

梅雨《つゆ》の合間の久しぶりの晴天のせいか、行き交う人の表情は明るく見える。病院着姿で入院患者と見舞い客の違いはすぐにわかるが、患者は誰も病《やまい》を抱えているとは思えないほど穏やかに見えた。

いや、もしかしたら必死に苦痛を押し隠しているのかもしれない。

ふと、先に進んでいた彼の足が止まって、俺も立ち止まった。

彼を見ると、その横顔からはさっきの朗《ほが》らかさが消えている。

なにかを咎《とが》めるような、抑えるような複雑な横顔に、彼の視線の先を追う。

そこには車椅子に座った年配の男性と、その前に腰を下ろして彼を見上げる女性の姿があった。

「………」

……関崎？　と言いかけて口を噤《つぐ》む。

病室の前で耳にした『凛ちゃん』という名前と関崎の下の名前がようやく繋がる。

そして、彼女が溝口さんの専属秘書だったことも思い出した。

元上司のお見舞いにくるのは、おかしいことじゃない。

けれど、二人の雰囲気はそれ以上のなにかがあることを匂わせた。

ただの上司と部下ではなく、男と女が出す特別なもの。

降り注《そそ》ぐ柔らかで暖かい日差しとは裏腹に、俺の心は急速に冷えていく。

「父さん、凛ちゃん！」

彼はついさっきまで身にまとっていた硬質な空気を振り払って、彼らに近づいていった。溝口さんは「翔太」と言って振り向き、関崎は慌てて立ち上がる。

そうして彼女は、ふわりとほほ笑んだ。

——心になにかを隠して、周囲を騙《だま》す、あざとい笑み。

裏のある女が見せる媚《こ》びた笑み。

そんな類《たぐい》のものだ。

それは俺に、卑《いや》しい過去を思い出させた。

溝口さんと、その息子と、そして彼女。

そこに過去の幻影が重なっていく。

父と、俺と、そして――

メガネをかけた地味で真面目そうな女が、どんどん豹変《ひょうへん》していく姿を俺は見てきた。

どんな女にも裏はある。

ぼんやりして害のなさそうな女にも、男に興味のなさそうなガサツな女でも、二次元にハマり生身の男には見向きもしないオタクな女でも。

女としてのスイッチが入れば、裏の顔をのぞかせる。

そして清純そうに見える女ほど、うまく偽《いつわ》り、何気ないふりをして男を誘惑する。

……関崎も、やっぱりそういう種類の女だったんだな。

女なんてみんな同じとわかっていたはずなのに、俺はどこかで油断していたのかもしれない。

思い返せば着物姿のあの日の彼女には、そんな影がちらついていた。

溝口さんの息子はいくつか彼女と会話を交わしてから、二人に俺の存在を伝えた。俺は彼らに向かって、ゆっくりと歩いていく。

彼女の表情の変化を見逃さないよう、目をそらさずに見つめ続けながら。

関崎は俺を見て、一瞬だけ表情を強張らせた後、会社でいつも見かける秘書としての仮面をそこに張り付けた。

「氷野くん。忙しいのに来てくれたのか？」

「いえ、むしろなかなか足を運べず、すみません。君も来ていたんだな、関崎」

溝口さんに挨拶《あいさつ》をした後、彼女を見る。

関崎凛は恐縮したように「こんにちは」と言って頭を下げた。

俺と遭遇するとは思っていなかったのだろう。驚きを必死で隠しているような、そんな曖昧《あいまい》な表情だ。

黒髪おかっぱにメガネ姿はいつもと同じだ。けれど今日は袖のふんわりしたオフホワイトのブラウスに膝下丈の濃いグリーンのスカート姿だった。

服装ひとつで女は容易《たやす》く、見た目の雰囲気を変える。

やっぱり、関崎も、あの女と同じ――

俺は奥歯を噛みしめて、心の内から湧き上がる、どす黒いものを抑え込んだ。

「父さん、なにか飲みものを買ってくるよ。凛ちゃん、付き合ってくれる？」

「え？　あ、はい」

「行こう」

溝口さんの息子は関崎に声をかけ、歩き始める。関崎は戸惑いながらも俺たちに軽く会釈《えしゃく》してついていった。

下の名前で呼んでいることといい、気安い口調といい息子とも随分親しい関係にあるようだ。

彼らが二人並んで歩く背中を何気なく追うと、息子のほうがちらりと俺を見た。

不敵な笑みを浮かべたわけじゃない。睨みつけられたわけでもない。けれど、その仕草にイラッとした。

「わざわざ書類を持ってきてくれたんだろう？　休みの日なのにすまなかったね」

溝口さんから話しかけられて、俺ははっとして表情を取り繕《つくろ》った。

「いえ、これぐらい構いません」

溝口さんと関崎がどういう関係にあったのか、今も続いているのかそこまではわからない。

けれど二人が見つめ合っていた姿はあきらかに色恋を滲《にじ》ませた男女のもので、そこに多分息子も絡んでいる気がする。

そこまで考えて、醜《みにく》い過去が蘇《よみがえ》りそうになって吐き気がした。

無理やり唾液《だえき》を呑み込んで、同時に湧き上がる感情を抑えつける。

溝口さんの前で、みっともない姿をさらすわけにはいかない。

「君にはいろいろ負担をかけているな。会社のことも……」

俺は軽く頭を横に振り、空を眺めるようにして溝口さんからわずかに視線をずらした。

思考を現実に戻していく。

「今は、あなたが手掛けた仕事の成果を出せるよう取り組んでいます。新しい事業については、もう少し時間がかかりそうです」

「君に任せた会社だ。君のペースとやり方で、やってくれればいい」

「……日陰に移動しましょう」

太陽の位置が変わったのか、溝口さんの頬に光が当たるのを見て、俺は車椅子のブレーキを外した。

――俺が新CEOにつくまでに、溝口さんとは海外で何度か会っただけだ。彼は俺の書いた論文に興味を持ってコンタクトをとってきた。それからも仕事の件でたびたびやり取りをしたが、いつもメールや電話だった。

『私の会社を譲りたい。自分のやりたいようにやってみないか』――そう誘われたのが一年前。

大きすぎる組織だと変革は難しい。かと言って、小さければ経営優先になる。

彼の会社は、名目上、部署はあるものの、実際のプロジェクトはチーム制で行《おこな》われていた。

会社組織が流動的で自由度も高かったのである。

彼が構築してきたイノベーション事業も興味を持てた。それに溝口さんを、上に立つ人間として尊敬していた。

だから彼の会社を請け負うことに決めたのだ。

「あなたとやり方は違うかもしれませんが、お預かりしたものを私なりに導《みちび》いていくつもりです」

「ああ、頼むよ」

少し痩《や》せた背中は、今でも強いオーラを放っているように見えた。

＊　＊　＊

――あの人の視線はいつも冷たい。そして心の奥底を見透《みす》かすような光を宿している。

私は、己のタイミングの悪さを呪いながら、ぼんやりと翔太くんのうしろを歩いていた。

あんな場面は、できれば誰にも見られたくなかった。

私はきっと、これまでで一番ずるい駆け引きをしてしまったから。

なにより……あれで、いろいろ自覚する羽目になった。しかもその瞬間を、本人に見られたのだ。

いたたまれない。

「凛ちゃん、なににする？」

「え？ あ、私は……アイスコーヒーで」

いらないよ、と言いたかったのに翔太くんの視線になにも言えなくなった。

彼は人の心の機微《きび》に敏感だ。だからきっと、いつもと違う私に気づいているに違いない。

……本当にっ、最悪！

私はついさっき、長い初恋と決別したばかりなのだ。

長年の恋心に終止符を打ったその余韻《よいん》に浸《ひた》りたかったのに、そこに氷野須王と翔太くんが現れてしまった。

——幼い頃は、ただ憧れていただけ。

そして高校生の時、初めて男の子に告白されて付き合って、それがきっかけで、溝口さんへの恋心を自覚してしまった。

もちろん不倫なんて考えられなくて、ただ起業した彼のそばにいたいと思って、がむしゃらに勉強して。

好きでいるのは自由、そんな言い訳もしていた。

念願の専属秘書になった時、溝口さん夫婦はすれ違っていて、その頃にはもう汚い感情だって抱くようになっていたのだ。

このまま誰よりもそばにいれば、もしかしたら――なんて可能性を思うぐらいには。

多分、秘書というよりも妻を気取って接していた部分もあったかもしれない。

でも溝口さんは決して、私をテリトリーには入れてくれなかった。私の想いは、絶対に叶うことはないと気づき始めた矢先の病気発覚。

そして、私は氷野須王と出会った。

「氷野さんは、なにがいいのかな?」

翔太くんに聞かれて、彼の好みを思い出す。

「……アイスコーヒーでいいと思う」

「凛ちゃんて、今はあいつの専属秘書やってんの?」

「専属秘書は別にいるよ」

「ふーん」

私は自動販売機を見ることで、翔太くんと目を合わせないようにした。

あの場所に残ることと、翔太くんについていくことは同じぐらい気まずかった。

氷野須王と一緒にいるよりはましだと思ったけど、この空気はやっぱりいたたまれない。

「父さんと、なんかあった?」

「…………」

私が溝口さんと出会った頃には、すでに翔太くんが生まれていた。

私の家にも小さい頃から遊びに来ていて、兄しかいなかった私には弟ができたみたいで嬉しかった。

実は、彼が高校生ぐらいの時に好意を持たれているような気がして『翔太くんは弟みたいなものだから』と言ったら『父さんのことは父親だと思っていないくせに？』と返されて――

その時、私の気持ちがばれていたのを知った。

隠したいけど隠せない相手、それが翔太くんだ。

自分の父親に恋心を抱く女なんて、息子としては許せない存在だと思う。だって下手すれば家族崩壊の原因になる。溝口さんは下手なんてしなかったけど。

「さっきの凛ちゃん……父さんのことでなにかある時の表情をしていた」

「……気のせいだよ」

そう言うしかないじゃない？　バレていたって、認めるわけにはいかないんだから。

「……それに、もうそういう表情をすることはないよ」

あんな駆け引きじみたこと、もうしたりしない。

それに、残念ながら私の心にはいつの間にか、するりと別の人がいるようだし。

……それはそれであり得ないんだけど。

好きになる要素なんて、なにひとつなかったはずだ。苦手意識だって、いまだに抱いている。

できれば近づきたくない。

彼はCEOで会社の上司で、女を信用していなくて、ちょっと見下していて、当然のことながら私のことをそんな目で見ていない。

それなのに――

「凛ちゃん」

「え？」

「それって、もう父さんのことは諦めたって解釈でいい？」

「あ、諦めるもなにも、私は別に……」

たとえ気づかれていたとしても、溝口さんの息子である翔太くんに対して、そんなことを認めるわけにはいかない。だからすぐに否定する。

もうこれ以上つっこまないで！　そういう気持ちも込めて翔太くんを見つめた。

――彼が高校生の頃までは子どもだと思っていた。

でも大学生になって急激に大人の男の片鱗《へんりん》を見せるようになった。私はできるだけ翔太くんとの接点は持たないようにしたし、適度な距離を維持してきた。彼も世界が広がって、そんな空気は出さなくなってきていたのに。

なんで今!?

翔太くんが、ぐいっと距離を縮めてきた。

ああ、やっぱり背が伸びている。

肩幅もしっかりして、年下のかわいい男の子じゃなくなっちゃったよ。

「凜ちゃん」

「関崎」

私の名前を呼ぶ声が重なって、私は振り返った。

氷野須王は、溝口さんの車椅子を押している。翔太くんは「父さん」と呼んで近づいていく。

「少し顔色が悪くなった。病室に戻ったほうがいい」

溝口さんは淡い笑みを浮かべて「大丈夫だよ。氷野くんは大げさなんだ」と言ったけれど、翔太くんは車椅子を押すのを交代した。

奴の表情なんか見たくなかったのに、私は吸い寄せられるように目を向けてしまい、いつにも増して冷たい光を放つ眼差《まなざ》しを受け止める羽目になった。


結局、溝口さんは翔太くん付き添いのもと、そのまま医師の診察を受けることになった。

必然的に私たちは帰ることになり……遠慮したかったのに、なぜか私は今、氷野須王の運転する車の助手席に座っていたりする。

『送る』と一言だけ言った彼は、その言葉とは裏腹にものすごく嫌そうに見えた。

だから私は『電車で帰るので大丈夫です』と断ったのに。

いっそこの後、予定がありますと嘘でもついてしまえばよかったよ。

でも、この人は私に反論させない空気を、いとも簡単にかもし出してくる。

……そうなんだよね。私、結局いっつもこの人の言うことに逆らえないんだ。

私が元々秘書体質で、命じられることに慣れてしまっているせいだろうか。

彼が自分の上司であるせいだろうか。

これって職業病？

そして、私はよりによってなぜ、こういう男に特別な感情を抱いているわけ？

……ない、ない、ない。

隣から発せられる冷気にぞくぞくしているのに、ありえないでしょう、と心の中で何度も自分に反論しながら、サイドガラスに視線を向けて景色を見ているふりをしていた。

もちろん、会話など一切ない。

気まずすぎる。早くこの空間から逃げたい。私は意を決して口を開く。

「あの、この先の駅で降ろしてもらえますか？」

「なぜ？　家まで送る」

「……ええと、寄りたいところがあるので」

「だったら、そこまで送る」

なんだろう？　この殺伐《さつばつ》とした空気は。

もちろん私たちの間に、甘さもほのぼのさも、これまでだって一切なかったけれど。それでも事務的ながら和《なご》やかな空気ぐらいはあったはずだ。

「氷野さん……なにか怒っていますか？」

「…………」

思い切って言うと、彼はちらりと私を見た後、無言のままふたたび前を向く。

そうして、しばらくしてようやく口を開いた。

「別に怒ってはいない。元上司と秘書……にしては、やけに親密なんだな」

「……溝口さんとは、私が子どもの頃からの知り合いなんです。だから……上司と秘書である前から親しくしていて」

「ふうん。元々の知り合い……会社に就職したのも、その関係か。コネ入社だったんだな」

彼のそのセリフにはカチンときた。けれど事実だ。

元々溝口さんは会社を立ち上げるにあたって、自分の知り合いに声をかけた。特に最初の数年に入社した人たちは顔見知りばかりだし、言ってしまえばみんながコネ入社である。さすがに私が入社する頃には普通に入社試験があったし、私だってきちんと試験を受けて入社した。

「コネ入社だといけませんか？」

「……コネ入社した挙句に、上司と不倫か……真面目そうに見えて、君もやっぱり女なんだな」

びっくりしすぎて本気で一瞬息が止まった。直後、急激に恥《は》ずかしさが込み上げてくる。

なんで、なんで！　なんでっ!!

鏡なんか見なくても、自分の顔が赤くなっているのがわかる。そしてきっとこの後、青褪《あおざ》めるんだ。

「図星か」

「ちがっ！　違います！　ふ、不倫なんかしていませんっ！」

慌てて大声で反論した。

彼は眉をひそめて、ちらりと疑いの眼差《まなざ》しを寄越した。

「不倫じゃありません！　私の勝手な……そう！　私の勝手な片想いです。溝口さんは私なんか相手にしたりしない！」

やっぱり、あの瞬間を見られていたんだと思った。

私が溝口さんに本音を漏らしてしまった、あの一瞬。

私は確かにあの時、溝口さんへの想いをのせて言葉を発した。

わざと言葉を濁《にご》して彼の反応を確かめたのだ。

『私もお手伝いします』

その言葉の裏には『あなたの特別な相手になりたい』というずるい気持ちがあった。

翔太くんにも見抜かれた気がしていたけれど、まさかこの男にまでそんな目で見られるほど、私の感情はダダ漏れだったのだろうか。

「でも家庭のある男を好きになる時点でアウトだろう？　相手の家庭を崩壊させる可能性があるんだから」

彼は、蔑《さげす》んだ口調で吐き捨てるように言った。まるで私の恋心も、私自身をも見下すように。

「片想いなら、いいとでも思っている？」

私の頭の中を読んだかのように、反論しかけた言葉を彼が口にした。

車はいつの間にか大通りから一本ずれた場所に入っていて、薄暗い道の路肩でおもむろに停車した。エンジンを切った彼は、私をじっと見つめてくる。

今まで見たこともないほど冷たくて、それなのにどことなく悲しげで、でもやっぱり蔑《さげす》んだ光も宿していて、私の背中はぞくぞくと震える。

……なんでっ⁉

「好きになるのは自由？　気持ちを伝えなければいい？　そんなのは君の身勝手な理屈だ。現に君の気持ちは溝口さんにも、彼の息子にも知られているんじゃないのか？　自覚がないままに家庭を崩壊させている可能性を考えたことがある？」

私はきゅっと唇を噛んだ。目の前の男から、目をそらしたいのにそらせない。

「それとも、溝口さんとその息子を弄《もてあそ》んで楽しんでいただけか？」

「違う！　違います！」

自分の奥底の醜《みにく》い部分をこじ開けられて、痛くてたまらなかった。

同時に、ためらうことなく私の心の奥にまで突っ込んでくる彼が憎らしかった。

一瞬でも、この男に惹かれかけているかも、なんて思ったのは間違いだ！

むしろ今、最大限にこの男が嫌いだと思う。

「俺は……君みたいな女が一番嫌いだ」

私もです！

そう告げようとした口が――やわらかなもので塞《ふさ》がれた。

一瞬、自分になにが起きているのかわからなかった。

ただ唇を強く押し付けられていて、反射的に彼の胸を押しのけた手は強く握られた。

いつの間にか涙が浮かんで、滲《にじ》んだ視界の先で彼の前髪が揺れる。

なに？　なに!?　なにが起きているの!!

――彼に、溝口さんへの想いを暴《あば》かれた上に容赦《ようしゃ》なく責めたてられた。

彼は妻子ある男に横恋慕《よこれんぼ》した私を蔑《さげす》み嫌悪していた。

それは彼の言葉の内容からも、口調からも、視線からも伝わっていた。

なのになんで！　私の唇が奴によって塞《ふさ》がれているの!!

シートベルトをしっかり締《し》めた体は動かしようがない。

両手は奴に掴《つか》まれているし、顔を多少でも動かせばキスがさらに深まりそうになる。

そう、キスだよ、これっ!!

高校時代に付き合った唯一の男と、キスまでは経験した。

唇同士が触れ合った時はこんなものかと思ったけれど、初めて舌を入れられた時、他人のそれの感触が気持ち悪かった。それとなく友人たちに聞いてみたところ『慣れれば気持ちよくなるよ』とか『好きな人とのキスは気持ちいいのに』といった答えが返ってきた。

だから何度かは耐えてみたのだ。

でも、気持ちいいどころかやっぱりいつまでも慣れなくて、そんな相手とさらに深い関係になるなんて生理的に嫌で別れた。

ちらりと唇に湿った感触がして、私は無理やり顔を動かす。

瞬間、今度は肩と後頭部に腕をまわされて、わずかな隙間を狙うかのように滑《ぬめ》ったものが口の中に入ってくる。背筋に、ぞわぞわっと寒気が走った。

舌……舌が入っている！　なんでーっ！

頭の中では盛大に叫んでいるのに、唇を塞《ふさ》がれていて声が出せない。さらに彼の舌が私の口内を探るように動く。

「んっ……」

他人の唾液《だえき》の味と舌の感触なんて気持ち悪いもののはずなのに、奇妙な感覚が広がっていく。

必死に逃げているのに、なぜか捕まえられてしまう。

反応なんかしたくないのに、体がぞくぞくしてくる。

「……君はうまいな――」

ぺろりと舌で私の唇を舐《な》めて、彼が離れる。

やっと息を吸い込むことができて、私ははあはあと肩で呼吸をした。

「初心《うぶ》なふりがうまい」

ふりじゃなくて、実際初心《うぶ》なんです！

この年だけど経験が少ないんです！

だからキスの時、息をするタイミングだってわからない！

「そういう表情をされるといじめたくなる」

恐ろしいことを言われて、私は再度唇を塞《ふさ》がれた。

解放された手で彼の背中を引きはがそうとするけれど、びくともしない。それどころか、彼の舌は容赦《ようしゃ》なく私の口内を這《は》いまわり始めて、体から力が抜けていきそうになる。

やっ、おかしいでしょう！　私！

なんで力が入らないの！　なんで気持ち悪くないの！　なんで背中がぞくぞくするの！

わけがわからなくて気持ちが高ぶってくる。涙が浮かんで目尻からこぼれていく。

ついでに呼吸のタイミングがわからなくて、息も苦しい！

「鼻で息しろ」

唇を少しずらして、彼が短く命じた。

荒い鼻息が出るのが気になったけれど、呼吸するほうが重要なので言われたとおりにした。

相変わらず舌は、私の口内を自由に動きまわる。どちらのものともわからない唾液《だえき》が口の中に溜まってきて、こくこく呑んだ。

さっきから背筋がざわめく。背中はゾクゾクして冷たいのに、体の奥に熱がこもっていく。

相反する温度が体の中心で渦巻いている。

力が抜けて、だらりと手が彼の背中をすべる。

逃げたいのに逃げられなくて、捕らえられた舌は彼の舌と絡み合っていた。まるで互いの舌を味わっているよう。

「俺が相手をしてやるよ。だからもう二度と彼らに近づくな」

ちゅっと、いやらしい音をたてて唇が離れた。

彼の言葉の意味などわからなかったけれど、私を射抜く強い眼差《まなざ》しは憎しみを抱いている気がした。それなのに、私の背中はぞくぞくする。

悔《くや》しい、悔《くや》しい！　悔《くや》しい!!

認めたくはないのに、嫌だと思うのに。

――初めて会った時からきっと、私はこの男に囚《とら》われていた――

こんなのが、恋愛感情だなんて嘘だ!!

氷野須王を好きだなんて、そんなわけないっ!!

……『君みたいな女が一番嫌いだ』と言いながら『相手をしてやる』ってなに!?

自分の中でかすかに生まれていた感情を認めたくないのに、今この瞬間でさえ私の心はこの男に揺さぶられている。

「相手を、してやるって……なんですか？　私のこと嫌いな、くせにっ」

悲しさと悔《くや》しさと憤《いきどお》りと、いろんなものがごちゃまぜになっているのに、彼に触れられた唇が熱くて仕方がない。

私の動きを封じるためにまわされた腕のはずなのに、抱擁《ほうよう》に心臓がドキドキしている。

「なんでっ、こんなこと！」

泣きそうなのを堪《こら》えて、私は彼を睨《にら》みつけた。

いつでも冷静なこの人は『アイスキング』と呼ばれるのにふさわしい冷酷さで、私を追い詰めおかしくする。

「君の化けの皮を剥《は》ぎたいからだ」

「……あなたなんかに、できるわけない」

私に化けの皮なんてないものっ！　こんなことされたって、心を奪われたりしない。

……嫌いになってやる！

誰よりも近づいて、この人への感情なんて勘違いだって、こんなのは恋じゃないって証明するの。

力が抜けて彼の背に触れていただけの腕を持ち上げて、私は首のうしろに手をまわした。

訝《いぶか》しげに目を細めた彼の唇に、今度は自分から唇を重ねる。

好きだった人には決して近づけなかったのに、嫌いになりたい人には近づいてしまう——

「上等だ」

彼は皮肉さを含んだ声音で言い、ふたたび車を発進させた。

＊　＊　＊

彼のマンションに連れ込まれた時、さすがに我に返った。

まだ夕方の時間帯だし、お酒を飲んで酔っているわけでもない。

私たちは恋人同士ではないどころか、彼に至っては私を嫌いだと断言している。

……俺が相手をしてやるから溝口さんたちには近づくな、と言っていたけど、その発言の意味もよくわからないし。

でも車を降ろされた時から、彼に掴《つか》まれている腕を抵抗するように引くと、私を睨《にら》んで無言でまた引っぱって部屋の前まで連れていく。

――睨《にら》まれたら石になるって話があるけど、彼の場合は氷だ。

冷たく凍ってかちんこちんになる。

体も、心も。

その一方で、キスされた瞬間に、体の奥が熱を持った。その熱に浮かされたように、自分からキスを仕掛け――そしてここまでついてきてしまったのだ。

きっと後になれば、挑発に乗せられて、投げやりになっていた自分を後悔するに違いない。

――この間は、体調の悪かった彼を私がこのマンションまで連れてきた。

まさか、こんな形でふたたび足を踏み入れようとは。

見覚えのある高級そうな真っ白なタイルが靴音を響かせると同時に、彼の部屋の玄関ドアが閉まる音がした。

反射的に体を強張らせて立ち止まる。

「氷野さんっ！　やっぱり、こんなの――」

おかしい！　そう言おうとしたのに言葉は出なかった。

ドアに背中を押し付けられて、手首を掴《つか》まれる。勢いで、肩にかけていたバッグが床に落ちた。

「ここまで来ておいて、取り繕《つくろ》う必要なんかないだろう？」

冷たい光を放つ眼差《まなざ》しとは裏腹に、熱のこもった吐息が私の唇をかすめた。わずかな抵抗も許さないとばかりに、私の手首を握る彼の手に力が入る。

強く押しつけられた唇はさっきよりも簡単に、私の口をこじあけて舌を押し込んでくる。

……ダメっ……この男のキスはダメだ！　だって、わけがわからなくなっちゃう!!

彼の舌を追い出そうと抵抗したつもりだった。それなのにまさか逆にそれで捕まってしまうなんて。

「んんっ」

氷野さんのキスに自《みずか》ら応《こた》えた形になって、舌が絡み合う。

頑張って鼻で息をするけれどやっぱり苦しい。

ぞくぞくと背中を這《は》い上がっていくなにかが、私の体を痺《しび》れさせ動けなくしてしまう。

逃げる方法さえ考えられず、私は彼の舌の動きに無意識に合わせていた。ぴちゃぴちゃと唾液《だえき》の絡む音まで聞こえてくる。だんだんと思考も感情も、あやふやになってきた。

キスが気持ちよくて、体がふわふわして力が抜ける。

私の手首を掴《つか》んでいた彼の手は、いつしか片方が私の背中にまわされ、もう片方は優しくこめかみに触れていた。舌の動きは緩まり、そのせいで逆に他の感覚が目覚めてくる。

自分以外の人の舌の感触、口内の熱さ、無味なはずなのにどことなく感じる唾液《だえき》の甘さ。

彼はそっと私の口内から舌を抜いた。目を開けると、ものすごく近くに彼の目があった。

そしてふたたび唇が重なる。

唇の表面に軽く触れては離れて、そのたびに私たちは視線を絡ませた。

——目が合うたびに彼の気持ちがわかるとか、私の気持ちが伝わるとか、そんな甘いものじゃない。

探って、確かめて、試して……そんな駆け引きじみたもの。

……なんでこんなところにいるの？

……なんでこんなことをしているの？

……なんで私は逆らえないの？

「舌……出せ」

かすれた声音に従って、私はゆっくりと唇を開いた。

声が思ったより穏やかだったとか、さっきから触れている手が優しいとか、重なり合う視線に甘いものを感じるとか——そんなのきっと私の幻想に違いない。

彼が今、どういうつもりで私に触れようとしているのかなんてわからない、わかるわけがない。

でも、私が……私の体が彼との未知の経験を望んでいる。

おずおずと唇の外に伸ばした舌は、呆気《あっけ》なく彼に捕らえられる。私たちは快楽を求めるように舌を絡ませて激しいキスをした。

処女を大事に守ってきたつもりはない。かといって安易に捨てようと思っていたわけでもない。

この年で経験がないのは、もしかしたら恥《は》ずかしいことなのかもしれない。

でも私は、あまり気にしたことはなかった。

三十も近くなれば開き直って、このまま一生処女でもいっかなあー、と思っていたぐらい。

だって、私が溝口さんを好きでいる限り、そういう機会なんて訪れないってわかっていたから。

でも、本当は心のどこかで少しは焦っていたのだろうか――今、そう思う。

彼の寝室のベッドの上で、ブラウスのボタンを外されても抵抗しないのは、こんなわけのわからない状況にでもならない限り、処女を卒業するチャンスなんてないっていう打算とか。

セックスしてしまえば、私の中に生まれた感情が勘違いだって証明されるはずっていう言い訳だとか。

ぐるぐるぐるぐる、思考は次から次へと飛んでいく。

その間に、彼の指先が私の肌をかすっていく。首筋に唇が押し当てられる。

そんな感触も、そこから生じる感覚も初めてで、私はただただ混乱していた。

……今日の下着、どんなだった？

……シャワーとか浴びないままだけどいいの？

……処女だって申告する？　必要ない？

考えている間にもスカートのファスナーを下ろされて、ウエストが解放されると心細くなった。

「やっ……待って、氷野さん！」

「なに？」

「やっぱり、こんなのっ！」

「誘いにのったくせに、往生際《おうじょうぎわ》が悪いな。それとも俺を焦《じ》らしているだけか？」

スカートが床に放り投げられて、私は咄嗟《とっさ》に体を縮こまらせた。両腕で胸を隠して体を横にして膝を曲げる。

私の顔の横に両腕をついて、覆《おお》いかぶさっていた彼は動きを止めた。

きっと見られているけれど、目を合わせたくない。

床に落ちている自分のブラウスとスカートを、今すぐに拾いに行きたいぐらいだ。恥《は》ずかしさと、ちょっと惨《みじ》めな感情とがごちゃまぜになって、私は少し泣きそうだった。

多分、頬だって赤く染まっている。

「……それも君の手段か？　涙目で恥《は》じらってみせて、男をその気にさせるのがうまいな」

……違うー!!　誘ってなんかないっ！

思わず反論しようと顔を向けると、彼が体を起こしてシャツを脱いでいた。素肌をさらす彼のその仕草は妖艶《ようえん》で、思わず目を奪われる。

細身に見えるのにほどよく筋肉のついた体は、男の人なのにとても綺麗《きれい》だと思った。前髪がぱさりと目にかかって影を作る。

ぞくりと、背中に痺《しび》れが走った。

私はだんだんと、自分の体の反応の意味に気づきかけている。

初めて会った時から私は、寒気を覚えるほど彼にぞくぞくしていた——

彼の手が伸びて私のメガネを外した時、本気で泣きたくなった。

けれど、そのまま唇を塞《ふさ》がれると反射的に舌を絡ませてしまう。数度のキスで慣れ始めた自分が嫌なのに、その心地よさも覚え始めているのだ。鼻で息をして、彼の動きに合わせて舌を動かして、角度を調整する。他人の舌も唾液《だえき》も気持ちの悪いものだと思っていたのに、この男とのキスは違う。嫌悪がなくて、むしろ体がそわそわして拒めない。

彼が上手なのか、私が抱く感情のせいなのかわからない。

彼の舌は私の舌をきゅっと強く締《し》めたり、優しく撫《な》でたり、まるで遊んでいるかのよう。

そのうちに口内にどちらのものともわからない唾液《だえき》が溢《あふ》れてきて、私は必死に喉をならした。

ブラのホックが外されて、体への締《し》めつけがなくなる。露《あら》わになった胸に大きな手が伸ばされる。誰にも触れさせたことのない場所を掌《てのひら》が覆《おお》って、激しい羞恥《しゅうち》が襲ってきた。

「やっ……氷野さんっ」

キスが途切れた隙に抗議の声を上げたつもりだった。でもそれは自分でも驚くほど甘えた声で、ふたたびキスで唇を閉ざされる。私の腕から器用にブラを抜いた彼の手の中に、両方の胸がおさまった。

舌の動きが激しくて、呑み込めない唾液《だえき》が唇の端からこぼれていく。その激しさとは裏腹に、私の胸に触れる手は優しい。

自分で触ったって気持ちよくなんかないのに、どうしてこの男に触られるとこんな気分になるのか。

彼の唇は、私の顎《あご》から首筋へと唾液《だえき》を辿《たど》るように動いていった。

「ひゃっ……やんっ」

耳の下の部分を小さく舐《な》められて私は声を上げた。ふっと耳元に息がかかって笑われた気がした。恥《は》ずかしくてたまらない。こんな声が出ることも、されるがままに身をよじらせていることも。

胸の先に彼の指先がかかる。途端に小さな痺《しび》れが走った。

「んっ……っ」

最初はささやかだった動きは、だんだんと激しくなっていく。そして、時に短く強く押しつぶされる。胸の先がこんなに弱い場所だったなんて思わなくて、初めての感覚が訪れるたびに私は混乱していた。

くすぐったさとはまた別の、もどかしさ。

首筋、鎖骨、胸元へと舌が這《は》うたびに、肌がどんどんざわついてくる。

きゅっと小さく胸の先をつぶされて、同時に舌で包み込んできた。

「やんっ……氷野、さんっ、やだっ」

舌の柔らかさとその熱は、初めての快感。

反射的に腕で防ごうとしたけれど、その前にすぐに捕らえられる。

「初心《うぶ》なふりは必要ない」

「違うっ、やっ」

彼の唇がきゅっと胸の先を挟み込んだ。そのまま舌先で上下にこすられると、体が小さく跳ねてしまう。声が出そうになって、必死で唇を噛みしめた。彼が舐《な》めるたびにその部分が熱くなって、尖っていく。ますます敏感になり、そこから広がっていく快感に抗《あらが》えない。

私の腕から力が抜けると、彼は片方を舌で、もう片方を指でくすぐり始めた。どちらかが激しくなれば、もう一方は優しく。唾液《だえき》をまぶすように嬲《なぶ》られるのも、指先できゅっとつぶされるのもどちらも気持ちがいい。少しでも口元を緩めたら、変な声が出そうになる。

「声、我慢しているのか？」

乳首をぺろりと舐《な》めた後、そのまま首筋へと唇を移動させてくる。

「本当に……君はうまいな。そういう健気なことされると、逆に男が燃えるってよくわかっている」

顎《あご》から唇の端へと舌が這《は》ったかと思えば、強引に指で唇を割られた。

男の人の無骨な指が口内に入ってきて、どうしていいかわからない。力を入れれば噛んでしまいそうで怖い。

「ふぁっ……んっ」

「噛まずに、舐《な》めて」

こんなふうに、とお手本を示すみたいに、彼は私の胸の先を舐《な》めてくる。卑猥《ひわい》な舌の動きに応《こた》えるように、私も彼の指に舌を這《は》わせた。だって、動かさなかったら唾液《だえき》がどんどん溜まるし、声だって出てしまう。指を舐《な》めるなんていやらしい行為だと思うのに止められなかった。そのうちにもう一本指が入ってくる。

口の中でばらばらに動き出した指を追いかけるようにして、必死に舌を動かした。

「そう絡めて、上手だ」

普段褒めない人から褒められたせいで、私はますます必死になった。

こんなのおかしいって思う反面、理性を捨てて快楽に溺れたくなる。

彼が私を抱く理由も、私が彼に抱かれる理由もわからない。

でも私の体は、素直にこの先を欲している。

彼の指の感触を舌が覚え始めた時、それは私の口から抜けていった。そしてそのまま下着の中に入ってくる。

「あんっ……んんっ、やぁっ」

「いい声」

それは迷うことなく、私の一番敏感な場所を的確に捕らえた。指にまとわりつかせた唾液《だえき》をそこに塗り込めるように、ゆっくりと円を描く。

「やっ……氷野、さんっ。あんっ」

「随分小さいな」

なにが!? そんな場所に小さいとか大きいとかあるの!?

そんな些細《ささい》な疑問は、すぐに吹き飛んだ。

彼の指は、痛みを与えない絶妙な強さで、そこをいたぶる。唾液《だえき》で動きがスムーズなおかげか、彼の指が自在に動くたびに下着を汚すものが溢《あふ》れていくのがわかった。

小さな粒の場所だけでなく、溝《みぞ》をなぞるように上下に動く。唾液《だえき》ではないものが、彼の指にまとわりついていく。

「腰を上げろ」

そう言われたけれど、指示通りにはできない。

それはきっと私にとって最後の理性だった。

キスをして肌をさらして、胸を舐《な》められ、今は最後の砦《とりで》に触られている。下着を取り払って全裸になれば、このまま彼とセックスをすることになる。

「下着、汚していいのか？」

溝を行き来していただけの指先が軽く中に入った瞬間、私は腰を浮かせていた。その隙を見逃さずに、下着が足をすべっていく。

「イかせてやるから足を開け」

言葉はいやらしいのに口調は優しかった。だからといって自《みずか》ら足は開けない。私が戸惑ったまま彼を見ていると、彼は訝《いぶか》しげに目を細める。

「いつまで演技続ける気だ？　お互い奔放《ほんぽう》になったほうが気楽だろう？」

苛立《いらだ》たしそうに言うと、少し乱暴にキスをされた。同時に彼の指が強引に中に入ってくる。

異物感に大きく体が跳ねた。

「――――っ!!」

「関崎？」

痛みはない。でも今までなにも入ってきたことのない場所は、違和感を訴えてくる。

今さら、本当に今さらだけど怖くなった。

初めての時は痛いと聞いてはいたけれど、その痛みがどんなものかなんて考えたことがなかったし、まさかこの期《ご》に及んでこんな不安な気持ちになるとも思わなかった。

でも、きっとここでやめたら多分私はずっと処女だ。

溝口さんに対する気持ちと一緒に、もういっそ卒業してしまいたい。

そうすればきっと、私の中でなにかが変わる。

処女が面倒だという男もいるらしいし、彼だって私が初めてだって知ったらやめそうだ。

バレないほうがいい気がして、私は彼の首のうしろに腕をまわしてキスをねだった。

……奔放《ほんぽう》ってどうすればいいかわからないけど、演技は続ける！

彼は拒むことなくキスを受け入れてくれた。自分から舌を動かしてみるけれど、なんとなくぎこちないのは感じる。止まっていた彼の指も私の中でゆっくりと動き始めた。

……痛くはない、大丈夫。

彼の指は私の中を慎重に探《さぐ》る。気持ちよさはわからないけれど痛みがないことで、少し体の力を緩めた。

「関崎……かなりきつい」

そうですか、とも、そんなことないですとも答えられない。

ゆっくり出入りするたびに、彼の指が敏感な粒をかすっていく。そうすると体は小さく跳ねて、さらに濡れていく。彼はその動きを繰り返しながら、滑りをよくするともう一本指を入れてきた。

「いっ……！　……っう」

「関崎……もしかして初めてか？」

バレた!?　と思ったけれど私はにっこり笑ってみせた。

「まさか」

そう答えてみたものの、もう一本指を入れられそうになって、思わず身を縮こまらせた。

……だって二本でもきついのに、それ以上なんて無理!!

私の表情の強張りに気づいたのか、彼はため息をつくと体を起こした。

＊　＊　＊

俺はベッドの中で女が豹変《ひょうへん》する姿を、何度となく見てきた。

その手のことに慣れていて後腐れのない女は、快楽を素直に表す。気持ちよければいやらしい声を上げ、腰を揺らし、時には「もっと」とねだってくる。

清純で初心《うぶ》に見えても、俺が誘えば期待を込めた熱い眼差《まなざ》しを送ってくる。最初こそ慣れていないふうを装《よそお》っても、一度イかせてしまえば快楽に溺れるところはどんな女も一緒だ。

だから、関崎凛もそうだと思った。

真面目そうで、俺に興味関心など示さないように見せておきながら、妻子ある上司の男を誘惑する姿を見た時。さらにその息子にまで色目を使っているのを見れば……ああ、この女も所詮《しょせん》……清純ぶっているだけかと腹が立った。

俺のキスに驚きながらも反応し、自《みずか》ら抱きついてきた時、誘えば簡単に靡《なび》く、お手軽な女たちと同じだと確信した。

たまに見せる抵抗さえ、そんな手管も持っていたのかと苛立《いらだ》ちを感じていたのに。

「……初めてなんだろう？」

聞きながら彼女の年齢を思い出してみる。正確には覚えていないけれど、二十代後半だったのは確かだ。

羞恥《しゅうち》と、おそらく痛みとで涙目になっている関崎は、吐き捨てるように小さな声で「違いますっ」と反論した。けれど、彼女の中はやはり狭く、俺が指を入れるだけで眉間に皺《しわ》が寄る。

だったら、なんで俺の誘いにのった？

処女だってことは溝口さんと不倫関係なわけでも、息子とそういう関わりをしているわけでもないのだろう。

俺は混乱しつつ体を起こすと、彼女の中からすっと指を抜いた。

ぴくりと反応するのは感じているからだろうし、そういう小さな仕草は新鮮でむしろかわいらしくも感じる。俺はそれを彼女の演技だと思い込んでいたけれど、そうでないなら……

「やっ……なんでっ」

俺が体を起こして少し離れると、涙目で関崎が睨《にら》んで言い放った。

「なんでって。初めてなんだろう？」

「途中でやめないでくださいっ！　痛い記憶だけが残ってトラウマになります！　ここで終わったら……私、もうセックスできない」

……こんな恥《は》ずかしい思いしてるのにっ……と涙声で続ける。

女はベッドで、普段と違う姿を見せてくる。

どんな女も隠し持っている、浅ましい女の本性。

今の彼女も、普段とは随分違う。

敬語の抜けた口調、恥《は》ずかしがる仕草、潤《うる》んだ上目遣い。

頼りなさげで、幼い感じもする。

落ち着いて澄ましているイメージがあるせいで、そのギャップが余計に俺を煽《あお》ってくる。

着物姿の時にも垣間見《かいまみ》えたそれが、彼女の演技ではないのなら。

――俺は多分、もっとそれを見たいと思っている……

――処女を相手にした経験はない。

面倒がなく後腐れのない女を望めば、必然的に男に慣れた女を選ぶことになる。俺にモーションをかけてくる女は、自分の見かけやスタイルに自信のある女が多かったし、そういう女は男性経験も豊富だった。

快楽にも素直で、こうしてほしいああしてほしいという要求も明確だ。

……痛みを完全になくすことはできないだろうけれど、何度かイったほうが楽なのは確かだ。

俺は、彼女の体を改めて見下ろした。

スタイルは悪くない。胸は大きくはないけれど、形は綺麗《きれい》だし、なにより肌が滑《なめ》らかだ。ずっと触っていたいくらい気持ちいい。

「処女を相手にするのは初めてだけど……多分、もう少し濡れないときついぞ」

「え……？」

俺は彼女の足首に手をかけると、膝を折り曲げてそこを大きく広げた。

「やっ！　氷野さんっ、やだっ」

抵抗することはわかっていたので、少し強めに力を入れる。

触った時も思ったけれど、彼女のそこはかなり控えめだ。初めてなら指よりも舌で解《ほぐ》したほうがいい。

暴れる腰を押さえつけ、秘めた部分に唇を寄せた。舌先で優しくつついて舐《な》めてやる。周囲も唾《だ》液《えき》で濡らしながら敏感な粒を転がした。

「ひゃぁ……やあっ、そんなとこっ……汚いっ」

シャワーを浴びずに始めている。彼女が気にするのもわかるけれど、こうあからさまに恥《は》ずかしがって、泣きそうな声を漏らされると逆に止まらなくなる。

あえて指で広げ、彼女の中に舌を尖らせて入れた。

「あぁ……ふうっ……んっ……んっ」

声を我慢しているのに、喘《あえ》ぎ声が漏れてくる。大きく舌で舐《な》めまわしたり、尖りに吸いついたりするごとに、少しずつ中から愛液がこぼれてきた。

指を入れてみると、さっきよりはやわらかくなっている。熱くやわらかく滑りをよくしていくそこは、指以外のものを入れても気持ちよさそうだ。

「あっ……あんっ」

彼女の声にも甘いものが滲《にじ》んでくる。

俺はゆっくりと指を動かしながら彼女の中を確かめた。上のほうは、でこぼことざらついている。さすがにまだ中で感じる場所まではわからない。そのかわりに、小さくてわかりづらかったクリトリスを優しく刺激し続ける。少しずつ少しずつ膨らんでくるのは花の蕾《つぼみ》を育てている気分になる。

「やぁ……なにっ？　あっ……ああっ！」

相変わらず狭いけれど、濡れていくごとに解《ほぐ》れて、指を増やしても痛みはなさそうだった。

「一度イったほうがいい」

「やっ、わかんないっ」

「素直に感じろ。抵抗するな」

ここまでくればむしろ、「もっと」と欲求してくるところなのに、馴染《なじ》まない感覚が怖いのだろう。彼女の体がふたたび緊張する。

わざと音をたてながら指を出し入れする。同時にクリトリスも舌でくるんでは、ちゅっと吸いついた。びくびくと軽く腰が跳ねる。それでもまだ快感を解放できないのか、中に入れている指がきゅっと締《し》め付けられた。構わずに少し強めに吸い上げると、抑えきれない声が頭上で漏れた。

「氷野さんっ……あっ、んんっ……」

俺の名前を呼びながら、彼女が軽く達した。

頭をのけぞらせて、泣きそうに表情を歪めて、慣れない快楽に染まる。

処女は面倒だと聞いていたけれど……初めてだからこそ見られるものがある。

動揺とか戸惑いとか羞恥《しゅうち》とか……慣れてくれば消えていくものが、まだここには残っている。

俺がもたらすことになる、最初の痛みを……彼女はどんなふうに受け止めるのか。

初めての感覚に彼女が惚《ほう》けているうちに、素早く避妊具をつけた。

前置きもなにもせず、俺は閉じた扉をこじあけるべく先端をあてがう。

そしてためらうことなく、一気にそこに突き立てた。

＊　＊　＊

強烈な痛みは急激で一瞬。

その後は痛みなのか、きつさなのか、違和感なのか、わからなかった。

ただ「痛い！」と叫ぶのだけは耐えた。むしろ、そんなはっきりとした言葉も声も出せなかったというのが本音だ。

わけのわからない感覚が体を襲ってきたと思ったら、体の中に異物が押し入ってきたのだ。指とは比べ物にならない大きさと太さに、なんでこんな痛くて恥《は》ずかしいことまでしてセックスをするんだろうとぼんやり思った。

「あっ……はっ」

体が無駄に強張って、うまく息ができなかった。ただ、ぱらりと水滴が肩に落ちてきて、私は目を開けた。私を見下ろす男の顔が、そこにはある。

額に汗をかき、髪を湿らせ、表情を歪ませたその顔は気持ちよさとは程遠そうに見える。

「大丈夫か？」

そう聞かれて迷ったのは一瞬で、私は首を小さく横に振る。

どう考えても痛いし、大丈夫じゃないし、早く出ていってほしい。

「力抜いて。きつすぎる」

「……わかんな、い」

これ以上力を入れても抜いても痛いだけな気がして、どうすることもできない。

「このままだと動けないんだが」

彼は困ったように呟くと、乱れた私の髪を優しく撫《な》でた。そして唇を塞《ふさ》いでくる。キスで注意がそれたことで、ふわりと緊張が解《と》けた。

「いい子だ。そのまま、キスに集中しろ」

とにかくこれ以上痛いのは嫌で、私は言われた通りにした。舌を伸ばしてやわらかく絡める。激しさも強引さもない、戯《たわむ》れるだけのキス。でもそれでやっと力の抜き方がわかった。

彼はゆっくりと腰を引いた。それからまた、そっと入れてくる。

私の体がぴくりと反応すれば動きを止め、キスに夢中になれば少しずつ動かしていく。そういったことを繰り返すごとに、だんだんと痛みは和《やわ》らぎ、同時に繋がった部分からは卑猥《ひわい》な水音がし始めた。

――多分、私の痛みなんか無視して強引にすることもできたはずだ。

でもキスも、腰の動きも、私を撫《な》でる手も、なにもかもが優しい。

『アイスキング』なら、それらしく振る舞えばいいのに。

こんなふうに気遣われたら、心が揺れる。

「ふっ……はぁ……」

「まだ、痛いか？」

「……わ、かりません」

「俺は結構限界。きつすぎてやばい……もっと動いていいか？」

確かにいっぱいいっぱいな気がする。それでも、中で引っかかるような痛みは落ち着いて、彼の動きもスムーズになってきた。

それに、なにより……彼の表情はどことなくつらそうに見えて、私は小さく頷いた。

その瞬間、彼がやわらかにほほ笑んだ。滅多《めった》に隙を見せない彼の表情に、心臓が跳ねる。

……ずるい、ずるいっ、ずるい！

初めて会った時から、私の背中をぞくぞくさせて、不意に見せる隙に心臓がざわめく。

私の気持ちなんかより、体のほうがよほど正直に反応している。

「いくよ」

そう言うと、彼は私の奥に強く入ってきた。もうこれ以上はないと思っていたのに、さらに抉《えぐ》られて、彼が手加減していたのだと気づかされる。同時に唇が塞《ふさ》がれて、私は自然と舌を伸ばした。激しく動く舌に夢中になっているうちに、彼の腰の動きが速まる。キスに翻弄《ほんろう》されて、体を揺さぶられて、私は痛みを感じる暇もなく、ただ与えられるものを受け止めた。

出し入れされるごとに自分の中から溢《あふ》れていくのがわかる。

痛みではない感覚が奥から生まれる。

勝手に漏れる声はキスのおかげで彼の口内に消えていくけれど、びくびくとした震えまでは抑えられない。

体が不安定で、手が宙に浮いてしまう。咄嗟《とっさ》にシーツを掴《つか》もうとした私の手を大きな手が包んで、自然に指を絡めた。

ぎゅっと力を込められて、私も必死に応《こた》えた。

繋いだ手と優しいキスが、私から初めての痛みを取り払っていく……

同時に心に広がっていく安堵《あんど》や、心地よさは否定しようもなくて。

唇と手と、そして大事な部分で繋がることの意味が、なんとなくわかったような気がした。

＊　＊　＊

私は多分バカだ。そして自分がどれほどちょろくて流されやすい女か、三十路《みそじ》を前に自覚した。

それはもう、心底!!

氷野さんと初めての経験をした後すぐ、彼に電話がかかってきた。流暢《りゅうちょう》な英語と少し緊張した口調で、なにかがあったのだろうと思った。

『悪い。今から出かける。君は……体もきついだろうから、ここで休んでいい。カードキーの予備を預けておく。返すのは今度で構わない』

氷野さんは、慌てた様子でバスルームに行き、スーツに着替えるとすぐに部屋を出ていった。

私はその様子をぼんやり見守った後、サイドテーブルに置かれたカードキーを眺めた。

我に返ったのは、彼が部屋を出ていって、ドアが閉まる音が聞こえた時だ。

足の間の違和感だとか、体のだるさだとか、ぐしゃぐしゃになった髪やメイクなんかも気になったけれど、とりあえず床に散らばっていた衣服を身に着けた。

それから、乱れたベッドを見て、シーツの汚れに思い至り……いたたまれなくて洗面所を借りて汚れた部分を手洗いした。出血はあったけれど、予想よりもわずかで安心した。

結局、洗濯機の使い方に自信がなかったのと、普通に洗濯していいシーツなのか、干すとしてもどこにすればいいのかなど問題が多すぎて、それ以上は断念した。

カードキーがあった場所に、クリーニング代を置くのが精一杯だったのだ。

そうして彼のマンションを出て自分の部屋に帰ってからシャワーを浴び、一人悶々《もんもん》と過ごしたのは言うまでもない。

……バカ、バカ、バカ!

と、ひたすら嘆《なげ》いていた。

そして、今朝……私は氷野さんの出勤を胃の痛い思いをしながら待っている。

いつもより三十分も早く会社に来て雑用をこなしながら、どのタイミングでカードキーを返すべきか悩んでいた。

専属秘書はあくまでもひだまりちゃんなので、私はよほどのことがない限りプレジデントルームに行くことがない。これまで私がしていたいくつかの業務も、先週から試用期間として彼女が担当し始めたところだったし。

だから、だんだん顔を合わせることは減っていたのだ。

できればこのまま顔を合わせずにいたいけれど、彼のマンションのカードキーが手元にあるのも落ち着かない。だって、それは私が彼のマンションにいたことの証明だ。手元にある限り、私は人生最大の恥《はじ》をいつまでも反芻《はんすう》する羽目になる。

あまりにもいたたまれない……

……カードキーは、即刻返して忘れる。なかったことにする。それが一番！

私が出した結論はそれだ。

氷野さんが私に手を出した理由は正直よくわからない。

ただ、プラスの感情でなかったことは確かだ。

溝口さんとの関係を疑い、息子である翔太くんをも弄《もてあそ》んでいると思っていたようだった。

真面目なふりをしている女の本性を暴きたい、そんな感じ。

……だから、誘いにのるべきじゃなかったのよ！　なんで拒否しなかった！

思考はふたたびループして、私は何度となく自分のバカさ加減を後悔しまくっている。

そして思考の渦に呑まれるたびに、はっきりしてくることがある。

それは、心の中にずっとあった、もやもやしたものの正体。

……私って、なんで望みのない相手にばかり惹かれるかな？

出会った時から既婚者だった溝口さん、そして私のことを嫌っているあの男。

でも違いがある。

溝口さんはずっと私に優しくて、かわいがってくれて、仕事ではともかくプライベートでは特別に扱ってくれていた。だから私は仄《ほの》かな期待を抱いて、ただそばにいたくて、恋心を隠しはしても抑えたりはしなかった。切なくはあったけれど、心地よかった。

氷野さんは、私に興味も関心もないどころか、むしろ体の関係を持ったことで蔑《さげす》んでいるのだと思う。だから彼を想い続けるのは、つらいことの連続になるだろう。

私は素っ気ない封筒に入れたカードキーを、スカートのポケットに入れて、タイミングが合えばいつでも渡せるようにスタンバイした。

＊　＊　＊

二週間後の金曜日。朝の打ち合わせを終えて部屋に戻ると、俺は面倒に思いながらもコーヒーメーカーをセットした。コーヒーぐらい秘書に頼めばすぐに運んでくるだろうけれど、そういうやり取りが煩《わずら》わしくて用意させたものだ。けれど、飲みたい時にすぐに飲めないうえに、自分で手間をかけないといけないから、疲れている時、億劫《おっくう》になる。

コーヒーメーカーの音を聞きながら、机の上の資料を見る。

数日前に頼んでいた資料はきちんと仕上がってきているようだ。途中に挟まれた付箋《ふせん》には、関崎の筆跡でコメントが書かれている。

「会わずにいようと思えば、それですむものだな……」

関崎凛と体の関係を持ってから二週間が過ぎた。

すっかり季節は夏になって、外に出ればセミが元気に鳴いている。

梅雨《つゆ》はあけたらしいのに、いつまでたっても湿度が高くて、日本の夏はこんなに蒸し暑かったのかと辟易《へきえき》している。

日本の季節なみに掴《つか》みどころのない女が、関崎凛だった。

セックスをすれば女は変わる。

自信のある女は、当然のように次の誘いをかけてくるし、おとなしそうな女は、少しずつ距離を縮めて彼女面《づら》してくる。

関崎凛もなんらかの反応をしてくると思っていた。

そしてもし俺に近づいてきたら……適当に相手をしながら本性を暴《あば》いていくつもりだった。

俺はまだ彼女を疑っている。

彼女と体を重ねた翌日、帰宅して寝室のサイドテーブルを見たら、現金が置かれていた。それがなんなのか、はじめはわからなかった。それから洗面所で一部を水洗いしたシーツを見つけて、クリーニング代だと気づいた。

処女の証拠はあったが、ベッドでの初心《うぶ》な振る舞いが、本当は演技という可能性だってある。

真面目で身持ちの固い女だったなら、俺の誘いや挑発にはのらなかったはずだ。

俺に対するなんらかの感情なり打算なりなければ、抱かれるわけがない。

今となっては俺への無関心を貫いていたことさえも、計算に思える。

俺はできあがったコーヒーをカップに注《つ》いで、椅子に腰を下ろした。

関崎凛からの反応がないならないで、煩《わずら》わしい結果にならずにすんでよかったと思えばいいのに、俺はずっと落ち着かなかった。

ふと関崎がまとめた書類の隣に、素っ気ない白い封筒が置かれていることに気づいた。見覚えのないそれを手にする。

中から出てきた自分の部屋のカードキーを、俺はじっと見つめた。

「は……今頃かよ」

あの日から俺はあえて、関崎を呼び出さないようにしていた。仕事の指示は専属秘書の大川を通して行《おこな》い、彼女に聞きたいことがある時はメールで済ませた。

カードキーを返しに来ない時点で、もしかしたらいつか勝手に俺の部屋に出入りし出すのかと思っていたのに。

……避けていたのは俺だけじゃなかったのか？

次の瞬間、俺は大川に「終業後すぐに関崎にくるように伝えてくれ」と内線で告げていた。

＊　＊　＊

「失礼します」と挨拶《あいさつ》して私がプレジデントルームに入った瞬間、空気が凍った気がした。

社内は節電のためエアコンの設定温度が高めになっている。この部屋だってそのはずなのに、なぜか寒気がする。

私は椅子にふんぞりかえってこちらを見上げている氷野さんから、視線をそらして立ち尽くしていた。

……見上げられているのに、見下されている気がするんだけど。

ひだまりちゃんから伝言を聞いた時、『やっぱり失敗したかな』とは思った。

できれば顔を合わせたくなかった私は、彼から呼び出しがないのを内心喜んでいた。けれど、それはつまりカードキーを返す機会も得られないということだ。

本当はプライベートの大事なものだから直接渡すべきだったのだろう。でも、ねえ……やっぱり、自分から会いに行く勇気なんかない。かと言って持ち続けていていいものでもない。

そうして迷っているうちに二週間も過ぎてしまって、さすがにまずいと思っていたところにちょうど氷野さんに提出する書類があった。

だから、彼がいない隙を見はからって資料を届けにいって、ついでに机の上に置いたんだけど。

「呼び出した理由はわかるな」

おもむろに氷野さんが切り出す。ものすごく低くて冷たい声に、寒気を感じた。

……わかるよ。わかりたくないけど、わかるよ！

とはいえ、ここまで怒っている理由がわかるようでわからない。

「資料に不備でもございましたでしょうか？」

だからありきたりの返答をしてみたところ、室内に吹雪《ふぶき》が舞ったような気がした。

さすが、アイスキングだ。

夏でも雪を降らせることができるらしい。どうやら私は地雷を踏んだようである。

「他人の家の鍵を、無造作に机の上に置くのは常識的に考えてありなのか？」

「……申し訳ありませんでした」

私は即座に深く頭を下げた。この人と直接対決するほど、私は無謀《むぼう》じゃない。

――きちんと手渡すべきものだとは思っていた。だって家の鍵だ。手違いで失くしたり、盗まれたりしたら困る代物《しろもの》だ。

彼がこの二週間のうちに仕事で呼び出しでもしてくれれば、直接返すつもりだった。でも、自分から会いに行く気にはなれなかった。

言い訳したいことは山ほどあったけれど、心の中に留めておく。

「非常識だったことは謝ります。改めて……」

ありがとうございました？

お世話になりました？

もっとあたりさわりのない言葉がないかとフル回転で頭を働かせてみるけれど、思い浮かばない。

わけのわからない状況でセックスしたことについては、触れないほうが身のためだ。

頭を下げたまま言葉を探しているうちに、足元に影が落ちた。

私が体を起こすのと、氷野さんが私の腰に手をまわすのは同時で、私の体はぐらりと揺れた。

……は⁉　何事！

ぐいっと腰を引き寄せられ、そしてもう片方の手が私の顎《あご》を上げさせる。至近距離で合わせた目には強い光が宿っていて、私を刺す。

見つめるというより、睨《にら》まれている感じ。

抱きしめるというより、捕まえている。

そうされると私の体は……あの夜の感覚を覚えていたようで、どっと流れ込んできた記憶に体温が上がった。

「ふーん……悪くない反応だな」

肌に吐息がかかって反射的に目をそらす。その時点でもう、私の負けだった。

忘れてしまいたい、なかったことにしたい、次に顔を合わせた時、何事もなかったように振る舞うべきだし、きっとできる。そう言い聞かせていたし、そうできると思っていた。

でも、私はあっさりと距離を詰められて、捕まえられて、逃げ出すこともできず動揺する姿をさらしている。

「駆け引きならたいしたものだ。君は確実に俺のツボをついてくる」

氷野さんはかすれた声で呟くと、顔を傾けた。

キスされる！　そう思った瞬間、私は掌《てのひら》を氷野さんの口元に押し当てて防いだ。

氷野さんが、どういうつもりなのかまったくもってわからないけれど、これ以上流されるわけにはいかない。

なのに――――!!

氷野さんは一瞬だけ驚きに目を見開いた後、私の掌《てのひら》をぺろりと舐《な》めてきた。

いきなりの感触に、慌てて手を外す。

「抵抗されるのは気に食わない。そういうのは男をその気にさせるだけだと覚えておけ」

はい？

抵抗虚《むな》しく……私は氷野さんに唇を奪われた。

この男のキスはダメだ。女をダメにするキスだ、そう思う。

お酒を飲んで酔うと、いろいろとどうでもよくなるのと似たようなものだ。

キスをされると、いろんなことが頭の中から消えてしまう。

理性だとか、理由だとか、理屈だとか、そういったものが全部。

「ここ！　会社、ですっ」

「そうだな」

「隣！　大川さ、んがっ」

「彼女は帰った。外出の用事を与えて、直帰を命じたからな」

唇が離れた隙に抗議するけれど、氷野さんは何食わぬ顔で続行してくる。

両腕で胸を押してもびくともしないし、後頭部を掴《つか》まれていて、顔を背《そむ》けることもできない。男の人の強い力で押さえ込まれると、一切抵抗できないのだと実感した。

だけど悔《くや》しいことに恐怖感はない。それはキスが優しいせいだ。

強引に割って入ってきたはずの舌は、私の口内でささやかに蠢《うごめ》く。

あの夜、初めての痛みを逃すために私たちはずっとキスをしていた。キスに溺れていくうちに、痛みは和《やわ》らいで、それどころかだんだんと馴染《なじ》んで気持ちよくなっていった。私たちは互いの舌を味わった。

その感覚を体は覚えている。

ぞくぞくと背中に走る痺《しび》れ。体の奥から湧き出てくる熱。それらが一体となって、ぐるぐるまわって私を麻痺《まひ》させる。

熱くてやわらかな舌で唾液《だえき》を絡め合う。彼の唇が、私の唇を挟んで吸いついたかと思えば、奥へと舌を伸ばされる。永遠に溶けないキャンディーを舐《な》めまわすみたいに、互いの舌の感触を味わう。

拒むどころか、彼にあわせて動いてしまい、どんな言い訳も通用しない。

「その表情が見たい」

「……な、にが」

「でも、ここでこれ以上は無理だ」

唾液《だえき》まみれの唇が離れて、氷野さんは指で無造作に自分の唇を拭《ぬぐ》った。その仕草が、いやらしいのに男っぽくってドキッとする。氷野さんは、私が返したはずのカードキーを手にすると、それをするりと私のスーツのポケットに入れてきた。

「直接部屋まで返しにこい」

「………」

頭の中が疑問符だらけの私を睨《にら》んだ後、氷野さんはにやりと口元を歪めた。

「君がうまくスケジュール管理してくれるおかげで、俺は明日からの休みを確保できている。そうだな……汚したシーツのお詫びでもしてもらおうか。金だけ置いて逃げられたからな」

そして彼は私に、明日の夜家まで鍵を返しにこいと命令してきたのだった。

＊＊＊

命じられたら応《こた》えようとしてしまう。それは、染みついた秘書の性《さが》だ。

上司の自宅に呼ばれることの意味がわからないほど初心《うぶ》じゃない。一度でもそういう関係になれば尚更だ。かといって、それを断る勇気も私にはなかった。

土曜日である今日の日中に、とりあえず部屋の片づけと掃除をこなし、食材を買い込んだ。そして自宅で夕食を済ませ、メールで指定された通りの時間に氷野さんのマンションを訪れていた。

前回は、なんの準備もしていなかったのにあんなことになって、タクシーを捕まえて帰ったものの、ものすごくひどい姿だった。髪は乱れ化粧も落ちたけれど、それらを整える術《すべ》もなく彼の家を飛び出したから。

――今日の氷野さんの呼び出しが、本当に鍵を返すだけで済めばいいけれど、そうでなかった場合も考えて、最低限の準備をしてきた。そういうのを期待している気がしてものすごく嫌だったけれど、前回がひどすぎたから用心するに越したことはないと何度も言い聞かせて。

マンションのエントランスでインターホンを鳴らす。カードキーを持っていても、黙って部屋に入るわけにはいかない。

「上がってこい」

カメラで確認でもしたのか、関崎です、と挨拶《あいさつ》する間もなく命じられて、自動で開いたドアをくぐった。

……どんなに気まずくても、直接返せばよかったんだよね。

今回の呼び出しは、多分私の鍵の返し方に問題があったせいだと思う。氷野さんは気に入らなかったのだ、ああいうやり方が。

それに多分……避けていたことに対しても怒っているような気がする。

私はエレベーターに乗り込みながら、はあっとため息をついた。

カードキーを返して、終わりになればそれでいい。でも、そうならなかった時どうすればいいのか、私にはわからなかった。

もし氷野さんが、私をセックスの相手として呼び出したのなら、どうすればいいのか。拒んでいいのか。応《おう》じるのか。

昨夜から私の心は大きく揺れる振り子のように、ゆらゆらしている。

氷野さんは私を好きなわけじゃない。それだけは確かだ。

セックスをしたのは、嫌がらせと気まぐれが混ざった感情から。

だから一回きりだと思っていた。でもこうして呼び出されてしまった。

そしてもしそういうことを求められたら、私はどうするのか。

……なんて、考えたって無意味なんだよね。

だって、こんなふうに迷っている時点で、私の答えは決まっている。

——初めて彼を見た時、直感的に関わりたくないと思ったのは、関わったら最後、抜け出せないと本能が察知していたせいなのだろうか。

玄関ドアの前で往生際《おうじょうぎわ》悪くためらっていると、氷野さんがドアを開け、「逃げずによく来たな」とだけ言った。

「入れ」

それから短く告げ、彼は手にしていたスマホを耳にあてる。そして顎《あご》で私に部屋に入るよう促《うなが》した。

早口の英語でやりとりする氷野さんは、私に見向きもせずにリビングに戻っていく。

私は仕方なく一応玄関の鍵をかけて、彼の後を追った。

氷野さんはものすごくラフな格好だった。浅めのVネックのTシャツに、濃紺《のうこん》の膝丈のパンツ。髪は寝癖なのかふわふわ撥《は》ねていて、黒いフレームのメガネをかけている。

リビングも散らかっていた。高級そうなソファやセンターテーブルには雑誌やらファイルやら資料らしきものが無造作に散らばっていて、空《から》のコーヒーカップも置きっぱなしだ。

書斎の机の上もごちゃごちゃしていた。

ちらりとシンク内を見たところ、食べ終わったコンビニ弁当に空《あ》いたペットボトル、ビールの缶などが転がっている。

ソファに腰を下ろした氷野さんは、パソコンを操作しながら、英語でなにやら怒鳴っている。

私は、散らばった資料を見て、そしてすっと肩から力を抜いた。

……せっかく休みを確保しているのに！　この人、結局仕事しているんじゃないっ。

こっちは、海外への事業展開を計画している店舗に関する資料。あの辺は法律関係の資料。事業計画案や経営収支報告書も見える。

私は自分の手荷物を部屋の隅に置き、床に落ちていた書類を手にした。ちらりと氷野さんは私を見たけれど、触るなとは言わない。

整理していいということなのだろうと判断して、私はそれらを片づけ始めた。

私が管理するまでは、氷野さんのスケジュールは休みもほとんどなしに仕事で埋まっていた。私はそれをスケジュール管理に無駄があるからだと思っていたけれど、そうじゃない。

……この人、ワーカーホリックだ。

スケジュールが空《あ》いていると、仕事を入れずにいられないタイプなのだろう。

私の実家も自営業だったから、休みがあるのかないのかわからない感じだった。だから会社員として働くようになってからは、上司や自分が休みを確保できるように意識していた。

溝口さんはプライベートは大事にする人だったから、休みはきちんと取っていたのだ。

センターテーブルに放置されていたコーヒーカップをシンクに運んだついでに、私はキッチンも片づけることにした。

……食生活は、相変わらずいい加減だなあ。

氷野さんが体調を崩した時に見た、冷蔵庫の中身を思い出す。水とアルコールと栄養補助食品がメインだった。

平日は打ち合わせやら会食やらで外食が多い。そのせいか、外出がないと氷野さんは食事をとらずに過ごしている様子もあった。それは、プレジデントルームのゴミ箱を見ればわかる。

氷野さんは一旦電話を切ったものの、ふたたび電話をかけ始めた。どこの国の人と話しているのかわからないけれど、時差の関係で休日のこんな時間でも仕事をする必要が出てきてしまうのかもしれない。この部屋の状況を見れば、彼は今日ずっと仕事をしていた可能性もある。

……私、スケジュールの調整の仕方、もう少し考えたほうがいいのかな。

いろいろ考えながら手を動かしているうちに、部屋はおおかた片づいた。

「悪かったな、片づけさせて」

私がキッチンで布巾《ふきん》を干していると、ようやく落ち着いたのか氷野さんが近づいてきた。

――こうして見ると、年齢より若く見える。

「仕事をする場所が会社から自宅に変わっただけで、結局お休みは取れていないんじゃないですか？」

氷野さんは、びっくりしたように目を見開いた。メガネをかけているせいで余計に目が大きくなったように感じられ、ちょっと幼く見える。

……こういうの、ずるい。

普段冷淡な空気を出して無表情だから、こういう不意の表情がたまらなく胸に響く。

初めて笑顔を見た時も、今も。

「あー、まぁそうだな。出社しなくてよくなったおかげで仕事ははかどっている。だが、スケジュール調整している君から見れば、そうなるな」

「仕事熱心なのはわかります。でも、休める時は休んでください。体を壊しては元も子もないんですよ。それに、食事の内容ももう少し考えてください。今は若さで対応できても、年をとってから困ることになるんです」

氷野さんの雰囲気があまりにもいつもと違いすぎて、私は緊張しながらも今まで胸に燻《くすぶ》っていた思いを口にした。秘書だから心配しているのだと……そう見えればいいけれど。

実際のところ私は多分……上司だからとか秘書だからとか関係なく、この人が心配なんだ。

「……計算じゃないなら、たいしたもんだな」

「はい？」

ぼそりとした氷野さんの呟きに、私は思わず声を上げた。

計算ならまだいいよ！　そんなことにまで頭がまわるわけない。

女は信用できないと言っていたし、疑うのも仕方がないけれど、私も同じだと思われたくない！

頭の中でそう叫ぶものの、口から言葉が出ることはない。

だって私の唇は、氷野さんによって覆《おお》われたから。

――彼のスイッチがどこで入るのかも、なぜ入るのかもわからない。

こんな明るいキッチンで、なんでこんな流れになったのだろう。

彼のこともよくわからないけれど、自分のこともわからない。言われた通りカードキーを返しに来ただけだと、もう帰りますと、そう言えばいいのに、結局は素直にキスを受け入れている。

「メガネ、邪魔だな」

氷野さんはくすりと笑みを浮かべると、自分のメガネを外し、私のメガネも取り上げた。

ふわりと、シャンプーかボディーソープの淡い匂いがする。会社では決して知ることのない、プライベートの氷野さんの匂いだ。

鼻で息をして、素直に舌を絡める。覚え始めた感触は、嫌悪どころか気持ちよさを運んでくる。

自然に増えてくる唾液《だえき》は、私のか彼のかわからない。

私たちの関係はなんなのだろう。

仕事だけではなく、プライベートまでサポートをする秘書。

なんて便利で都合のいい存在なのか。

「俺の食生活が気になるなら……君が作りにくればいい」

一瞬だけ唇が離れて、氷野さんがそう呟いた。ふたたびキスをされながら、彼の言葉を反芻《はんすう》する。

……は？　食事を作りにこいと？

いいように使われそうだな、と思った。こんな誘うようなキスをして、甘えたことをささやいて、まるで特別な女だと錯覚《さっかく》させる。

でも、私は……勘違いしない。

たとえ、キスが優しいと感じているとしても。

素《す》の姿をちらつかせて、特別感を醸《かも》し出されているように感じていても。

「シャワー浴びるか？」

ぎゅっと腰に手をまわして、氷野さんは私の首にキスを落とした。耳元でささやく低い声は、熱いものを含んでいる。

……たったそれだけで、女として求められているなんて思っちゃダメだ、私。

そう思っているのに、私は体から力を抜いて氷野さんに寄りかかった。

「……浴びてきました」

言いたくなかったけれど、黙っていればバスルームに連れていかれそうな気がして渋々答えた。

くすりと笑った時に息がかかり、くすぐったくて身をすくめる。

……カードキーを返しに来ただけだって、言えればいいのに。

冷酷で冷静な彼の雰囲気が変わる姿を、もう一度見たいという欲求に抗《あらが》えなかった。

年齢を重ねれば、経験なんかなくても、そういう話を耳にする機会は増える。私も友人たちから、そういう話――主に不満を多く聞いてきた。

下着だけ取り去って、突っ込むだけ突っ込んでおしまい、だとか。少し濡れればすぐに挿入してくる、とか。自分の快楽だけ優先して、こっちのことなんか考えてくれない、とか。

気持ちのいいセックスなんて都市伝説か幻だと思っていた。つい最近、自分が経験するまでは。

寝室に連れ込まれて、性急にベッドに押し倒される。

なのに、スタンドライトの仄《ほの》かな明かりを灯《とも》す余裕はあったみたいで、薄闇に淡いオレンジ色が浮かんだ。

氷野さんは、キスをしながら器用に私の服を脱がしていった。秘書仕様の白いシャツに、ベージュのスカート姿にしたのは、まだどこかで秘書としてここに来たのだと自分に言い訳したかったからだ。

「ひ、のさんっ」

そして、この期《ご》に及んでやっぱり怖気づいて、私は彼の名前を呼んだ。

その間にもボタンの外れたシャツが肩から落ちて、ブラのホックを外される。

「氷野さんっ、待って！」

「無理」

腕からするりとブラを抜かれて、床に放り投げられた。

……なにが無理なの⁉　無理なのは私のほうだよっ。

「氷野さん！　やっぱり、私っ」

「関崎……教えておく」

氷野さんは私の上にまたがったまま、Tシャツを脱いだ。

「男の部屋に来て、寝室に入った上での抵抗は、むしろ男をその気にさせるだけだ」

「そんなっ！」

スカートのファスナーを下ろすと、少しだけ乱暴に脱がせる。

「涙目で恥《は》ずかしがって、上ずった声で拒否されても効果はない」

もう黙れ、と言った後、深く舌が差し込まれた。私の口内を占領するかのように身勝手に動いていく。ささやかな抵抗のつもりで逃げた舌も簡単に捕まった。

口を大きくあけさせるようにして、奥へ奥へと舌が入り込んでくる。上顎《うわあご》や歯列、頬の裏までなぞられて、まるで食べられているような気がした。呑み込みきれない唾液《だえき》が、唇の端からこぼれる。

汚い気がするのに、どうしてこんなことで二人の距離が近づいているように感じるのか。

――簡単に他人に許すはずのない行為。

それを私は自分の上司と行《おこな》っている。

肌をさらし、胸を触らせ、舌を絡めて、体温を交わし合う。

「ふっ……んっ」

顎《あご》に伝う唾液《だえき》を舐《な》め取られ、ふたたび唇を塞《ふさ》がれる。氷野さんの舌の感触や唾液《だえき》の味、それらを覚え込まされるような激しいキスは、私の思考を呆気《あっけ》なく曖昧《あいまい》にしてしまう。

同時に優しく胸を揉まれれば、もはや抵抗などできるはずもなかった。

大きな手は、私の反応をうかがいながら強く弱く触れてくる。揉まれているうちに、触れられていない場所に、熱が集まっていく気がした。不意に掌《てのひら》が胸の尖りをかすめるたびに、そこがどんどん硬くなっていくのがわかった。体は男の手で簡単に変化していく。

きゅっと強く胸の先をつままれて、小さな痛みと痺《しび》れとに腰が跳ねた。

「ひゃっ……あんっ」

そのまま指先で弾《はじ》かれたりこねられたりして、もう片方は舌で弄《もてあそ》ばれる。胸の先をもっと尖らせるかのように、何度となくきゅっと吸いつかれた。

「あっ……あんっ」

指先と舌が私の胸の先で暴れる。どちらの刺激も別々の気持ちよさを運んできて、混じり合って伝わる快感に肌がざわめいた。

時折、腰や太腿《ふともも》をそっとなぞる手にさえ、体がぴくりとしてしまう。

「少し敏感になってきたか？」

氷野さんの吐息にさえ震えたくせに、私は反射的に首を横に振った。

「そうか？」

からかうように笑い、氷野さんの指がいきなり中に入ってくる。

「やぁ、はんっ……んんっ」

指でこじ開けられたせいで、奥に溜まっていたものがこぼれていくのがわかった。乾いていた表面がそれで一気に濡れていく。その感触が恥《は》ずかしすぎて、私はものすごく泣きたくなった。

「ひゃあ、やだっ……氷野さん！」

「濡れているよ、十分……ほら君のいやらしい音だ」

「やっ、言わないでっ……やだっ」

部屋をぼんやり照らしていた温かなオレンジ色の光が、その瞬間卑猥《ひわい》な色に変わったように思えた。静かな寝室に響くのは、私の喘《あえ》ぎ声といやらしい場所から聞こえる水音。

「痛みは？」

耳元で優しくささやかれて、私は氷野さんを見た。彼の瞳には、からかいも軽蔑の色も含まれていなくて、ただ純粋に私の体を気遣っているようだった。

……やだっ、ずるいっ。

ぞわりと背中に走る寒気……それは彼の放つ冷気のせいじゃない。

……普通は、心がきゅんってするものでしょう！　なんで私の場合、こうなるのっ⁉

心が反応するより、体のほうが先に反応してしまう。

氷野さんの指は、私の中でスムーズに動いていた。乱暴でも激しくもなく、まるで以前傷ついた場所を撫《な》でさするような動き。そのたびに蜜が溢《あふ》れて、シーツを汚していく。

「関崎？　まだ痛いか？」

言葉では返事ができなくて、私は今度も首を横に振った。

「じゃあ、気持ちいい？」

私は大きく目を見開いた。今度の問いは、どう考えても私をからかっているだけだ。悔《くや》しく思いながらも頷くと、氷野さんは「ならもう一本入れるぞ」と呟き、私の中に指を追加した。

途端に刺激が大きくなる。

「あっ……あんっ……ひゃんっ」

「狭いけど痛みはなさそうだな」

「やっ……バラバラに動かさないで！　ああっ」

「動かさなきゃ、いいところがわからない」

「そんなのっ、わからなくて、いいっ！」

指一本の時よりも水音が大きくなった。自分でも怖くて触れたことがない場所を、簡単に触ってきて弱点を探ってくる。私は声を抑えられなくなって、掌《てのひら》で口を覆《おお》った。蜜が放つ音も、自分のいやらしい声も、これ以上聞きたくない。なのに、氷野さんは私の手を口から引き離す。

「ひゃっ……ああっ……あんっ、あん、いやぁ」

「声は抑えるな」

捕まえられた手は、ぎゅっと指を絡めて繋がれた。

その仕草から、彼が私の中に初めて入ってきた時を思い出して、きゅっと膣が締《し》まる。同時に彼の指先がぐいっと折り曲げられて、内壁を押し上げた。

「あっ、ああっ、氷野さんっ、やだ、怖い」

自分の体がバラバラになりそうな気がして、思わず氷野さんにしがみつく。

「もう少し我慢しろ……」

「でもっ、そこはっ」

「一度イけば楽になる。でも、まだここだけじゃ無理だな」

繋げていた手が離されて、一瞬だけ寂しくなった。でもすぐにぎゅっと抱きしめられて、ほっとする。

「大丈夫だ」

ふわりと見たこともない優しい笑みを浮かべながらも、氷野さんは遠慮なく私の一番弱い部分を押さえつけた。私の蜜まみれになっていたそこは、触られてもいなかったのにすでに膨らんでいる。そこに触れた氷野さんの指が器用に動く。私はもう、声を抑えることも体をコントロールすることもできずに、その小さな場所からもたらされる快楽に支配される。

「やぁ――んんっ」

一際高い声を上げ、私の体は激しく震えた。

はぁ、はぁと荒い息が唇から漏れる。自分の体になにが起こったのかよくわからない。ただ、今まで経験したことのない感覚が全身を貫いた。

「上手にイけたようだな」

「あっ……ん……」

「一度イければ、どこでも感じやすくなる」

体も心も落ち着いていないのに、氷野さんはちゅっと軽く私にキスをした。こめかみや、頬、首筋にも触れていって、私の体はそのたびに小さく跳ねる。

胸の先に吸いつかれると声が上がり、おへその周りを舐《な》められるだけでも痺《しび》れが走る。

なんでそんな場所で感じてしまうの？

なんでそんなに優しく触れていくの？

腰骨にまでキスを落とし、ふくらはぎや膝の裏まで手が優しくなぞっていく。

氷野さんの言う通り、どんな場所も肌がざわついて気持ちよく、もはや羞恥《しゅうち》などなかった。

だから、片足を持ち上げられて、開かれた時も力が入らなかった。

……え？　なに？

両太腿《りょうふともも》をぐっと押さえつけられて、私は氷野さんにあられもない姿をさらした。

「やだっ……氷野さんっ、嫌っ」

「君の拒否の言葉は聞き飽きた」

初めての日も、そこを舐《な》められた。あの時はわけがわからなくてされるがままだったけれど、やっぱり恥《は》ずかしい。

「やっ、しないでっ、氷野さん！　もう入れてっ」

「……君の口から出るとは思えない魅力的な誘いの言葉だな」

いっそ、氷野さんに突っ込まれたほうがまだマシな気がした。

だから恥《はじ》を忍んで言ったのに、氷野さんはくすりと笑うと「けれど、それは後の楽しみにする」と言って、ふっと息を吹きかけた。そうして敏感な場所を舌先でつつかれ、私は呆気なく壊れた。

「やっ……あんっ、はぁ……ん、んんっ」

声を抑えることなんか無理だった。

なにかに掴《つか》まっていたいのに、それができなくてシーツをぎゅっと握りしめる。どこかに掴《つか》まっていないと、すぐに飛ばされそうになって怖い。

氷野さんは、私の敏感な部分を飴玉みたいに舐《な》めまわしていた。舌先で揺らしては、ねっとりと覆《おお》う。そうかと思えばちゅっと吸いつく。

私には、なんでそんな場所を舐《な》めようと思うのか理解できない。

『汚い』とか『嫌だ』とか『やめて』とかいろいろ言えたのは最初だけで、ふたたび呆気《あっけ》なく絶頂に引き上げられた後は、もう乱れるしかなかった。

どろどろと体の奥から溶け出たものを、彼の目の前にさらし、あまつさえそこを舐《な》めてすすられる。

私がずっと隠していた場所を、氷野さんはためらうことなく全部暴《あば》いていった。

襞の隙間も、その周囲も、時にはお尻の近くまで。

どんどん溢《あふ》れてくるものが、彼の唾液《だえき》なのか、自分の蜜なのかさえわからない。

「あっ……やっ、また……んっ」

軽く体が痙攣《けいれん》して、もう力を入れるのも苦しかった。私の体から力が抜けたのに気づくと、氷野さんは足を押さえていた手を離し、胸に伸ばしてくる。

「今夜はイくことを覚えろ。そうすれば羞恥心《しゅうちしん》なんかすぐに消える」

両方の指先が胸の尖りを優しくつまむ。新たなスイッチが簡単に入って、私はふたたび達した。

舌と指とでいくつもの弱点を一気に攻められれば、おかしくもなる。

「氷野さんっ……もう……やっ」

気持ちよすぎて苦しい。経験したことのない快感は、私の心も体も壊していく。

目尻からも涙がこぼれた。

「さすがにやりすぎたか？」

氷野さんは体を起こすと、自分の口元を拭《ぬぐ》って私と目を合わせた。

彼の親指が私の目元の涙をすくい取る。

「もう少し、素直に感じればいいのに」

そう言ってから仕方なさそうに私から離れて、そしてまた戻ってくる。

強張ってシーツを掴《つか》んだままの私の指を外し、彼の首にまわすように導《みちび》いた。

「掴《つか》まるなら、俺にしろ」

その言い方があまりにも優しくて、ほっとして、甘えたくなって。

彼の首のうしろに腕をまわすと同時に彼が私の中に入ってきて、心と体が満たされた。

痛みはなかった。あるのは、きついくらいの圧迫感。そして彼の熱と、落ちる汗を感じる。

氷野さんが入った瞬間、私はまた達して体を大きく跳ねさせた。

「あっ……ああっ！」

「……っ!!」

ぎゅっと氷野さんを引き寄せると、彼もまた私を抱きしめる腕に力を入れる。

大きな体に守られている気がして、心がざわつく。

「解《ほぐ》したはずなのに……きつすぎだ！」

「やぁ、あんっ」

「動く前にもっていかれそうになるとか、勘弁しろ」

氷野さんの言葉の意味がわからない。

ただ、彼が中にいるのを強く実感する。

秘めた場所で繋がる意味。それは快楽と同じぐらい、心の中に広がっていく安心感を得るためなのかもしれない。

体が繋がると、心も繋がった気になる。

私は甘えるように、ふたたび氷野さんにくっついた。

『アイスキング』なんて呼ばれているくせに、体は熱い。口調は冷たいくせに、指は優しい。

しかも普段では絶対見られない姿をさらしてくれている。

「関崎……」

「ん？」

「痛みはないな」

「……は、い」

「だったら動くぞ」

「はい……」

――彼がどんな意図で私を抱くかなんて考える必要ない――

私はあえて目を開けた。

ぐいっと腰を引かれて、浅い角度で突かれる。最初はゆっくりと優しく。

氷野さんは、目を伏せて眉間に皺《しわ》を寄せていた。なにかに耐えるその表情は壮絶な色香を放つ。

汗で濡れた前髪が額に張り付いていた。彼が動くたびに、私の中がうねる。彼は腰をグラインドさせて、私の反応を窺《うかが》う。どの場所が感じるか、どこが弱いか、どうすると壊れていくか。

「あっ……やっ、またっ」

ふたたび大きな波がきそうになる。こんなに早く達する自分が、いやらしすぎて、悔《くや》しい。

「いい表情だ」

彼がどんな表情で私を抱くのか見たいのに、私のほうが彼に見られている。

「あんっ……あ、はぁ、あ、あんっ」

「声も、もっと上げて」

氷野さんが私の頭を優しく撫《な》でる。

からかいを含みながらも見守るような眼差《まなざ》しに、私は恥《は》ずかしさが増して彼を抱き寄せた。

これ以上、乱れた表情なんて見られたくなかっただけなのに、耳元に彼の唇が近づいて耳朶《じだ》を舐《な》められた。

「ひゃぁ……あんっ」

そのまま小さく噛んだり、舐《な》めたりする。経験のない感触に首筋がぞわぞわする。

「やんっ、氷野さんっ……」

「耳、弱いんだな」

耳朶《じだ》だけを舐《な》めていた舌が、穴にまで入り込む。くぐもった音と、舌の感触に、私の体は自然に突っ張った。

緩やかに動いていた腰が急に強く速く私を抉《えぐ》る。

「あ、ああっ!!」

「関崎……イけよ」

低く艶《つや》のある声音で彼が命じた。

＊　＊　＊

一度激しい快感に染めてしまえば、羞恥心《しゅうちしん》は失われていく。

俺にとってのセックスは、情報収集と性欲解消のためでしかなかった。有益な情報を持っていそうな女に接触し、気を引いてその気にさせる。

ベッドに入るまでの駆け引きは面倒だけれど、肌を重ねれば女には情が生まれ、何度か繰り返して快感を覚えさせるうちに口が軽くなる。

ほしいものを得た後は、プライドをくすぐりながら少しずつ距離を置いてフェードアウトしてきた。

もちろん、後腐れのなさそうな相手であれば、適度に関係を持つこともあった。

だから、基本、俺が相手にしてきた女たちはセックスに慣れていたし、快楽にも従順で奔放《ほんぽう》だった。

関崎凛は、俺の嫌いな真面目そうな女で、なにを命じてもソツなくこなして、裏であれこれ画策していそうなあざとさが見えていた。

着物を着てパーティーに同伴させた時、男慣れしていない雰囲気があり、少しだけ俺の中の印象が変化した。

けれど、溝口さんの前にいた彼女の表情を見て、やっぱりあざとさを隠し持っていたのかと裏切られた気分になった。俺の誘いに応《おう》じた時点で、この女も今までの女たちと同じなんだと思っていたのに。

……この間まで処女だったとは。そんな女を相手に、やりすぎたか？

俺はぐったりしてうつぶせになっている関崎凛を見た。淡いオレンジ色のライトが照らす肌は艶《なま》めかしくしっとりしている。

彼女の小さな抵抗や、セックスに慣れていない仕草、戸惑う表情は俺をおかしな気分にさせる。

「ほら、飲んで」

俺はミネラルウォーターの入ったグラスを掲げた。

関崎はゆらりと体を起こす。ぼんやりしているからか、こぼれた胸を隠すことなく水を飲んだ。

ごくごくと飲むたびに上下する首筋にさえ色香が漂う。

彼女は空《から》になったグラスをサイドテーブルに置くと、きょろきょろと部屋を見まわした。

「今、何時ですか？」

ああ、時計を探していたのか。

「ここには置いていない。十一時過ぎだ」

「寝室なのに時計がないなんて、どうやって起きるの」とぼそぼそっと言っているが聞こえているぞ。

「氷野さん、シャワーをお借りしてもいいですか？」

彼女のセリフに俺は首をかしげる。

「なんで？」

「今なら終電に間に合いそうです」

「…………」

関崎は「メガネどこだっけ」と言いながら、床に散らばった自分の服を探していた。

俺はその様子を見ながら、だんだんとむかついてくる。

平日じゃないんだ！　普通はこんな時間なら、このまま部屋に泊まるだろう。

今までの女たちは、むしろいつまでもいつきそうで、どうやって追い出すか考えていた。だからマンションに呼ぶのはやめたのだ。

これが俺に引き留められたいがための駆け引きならいい。帰る素振りを見せて、俺からの言葉を待ち望んでいるなら、俺はその時の気分で適当にあしらうだけだ。

気が向けば女の求める言葉を吐き、向かなければあっさり帰す。

それだけ。

けれど関崎はおそらく違う。

本気で帰るつもりで自分の服を集めている。いまだ体がだるくて、思考もはっきりしていないはずだ。それは服を集める彼女の手の覚束《おぼつか》なさからもわかる。

……カードキーといい、今といい、駆け引きじゃないならなんだよ。

キッチンで外した彼女のメガネを、ここに持ってこなくて正解だったようだ。

俺は、集めた洋服を腕に抱えてベッドから下りようとしていた関崎をうしろから抱きしめた。

「ひゃっ、氷野さん？」

「手加減しすぎたようだ」

「はい？」

「帰っていいなんて誰が言った？　帰る元気があるなら——まだ余裕ってことだよな」

片方の手は彼女のお腹にまわし、もう片方の手でふわりとした胸を包む。控えめな胸はすっぽりと俺の手の中に入り揉みやすい。そして柔らかい。

彼女の腕から衣服が落ちて、ふたたび床に散らばっていく。

「氷野さん！　やんっ……なんでっ」

「一度や、二度で終わるわけがないだろう？」

「はいぃ？」

首のうしろに鼻を押し当てると、彼女自身の匂いが届いた。

……いい感じになっている。

緊張も強張りもない体。セックスをした後だからこそ立ち上《のぼ》る匂い。

数度刺激を与えただけで、やわらかな胸の先がしっかりと硬くなる。

「あっ……やっ、氷野さんっ、まさか」

「夜はまだ長い。それに君の体も……反応している」

「それはっ……んんっ」

つまみやすくなった胸の先を、指先でこすり合わせる。

滑《なめ》らかで真っ白なうなじを見ていたら、不意に穢《けが》したくなった。

唇を寄せ、強く短く吸いつく。

……女の体に痕《あと》を残したいなんて思ったのは、初めてだな。

けれど、こうすれば彼女は俺との行為をなかったことにできないはずだ。

同時に両胸の先も少し強めに弾《はじ》いて、自分の行為を誤魔化した。

散々避けられて、挙句の果てにカードキーを机の上に放置されて、俺はかなり頭にきていたのだ。

「あっ……あんっ」

声が甘く響き出す。仕事中の落ち着いた彼女の声からは想像できない、かわいらしい声で、俺はそれが嫌いじゃない。

我慢したくても漏れる、自分で上げた声に戸惑う。そんな彼女の様子を見れば、演技のような、媚《こ》びた声音じゃないとわかるから。

「もう乾いた？　いや……奥はまだ大丈夫だな」

「氷野さんっ、なにを！　あ、やだっ、指……ああんっ」

座ったままの姿勢で背後から抱かれて、心もとないのだろう。

思わぬ感覚に驚いた彼女が、俺の腕に縋《すが》りついてくる。腕の中で体をよじらせ、しがみつくその姿は好ましい。

指を出し入れしながら蜜をまとわりつかせる。何度か俺を受け入れたはずなのに、そこはやっぱり狭い。けれど熱さとか、むくんだ感触とかから快楽の余韻《よいん》は感じられる。

「君の『やだ』とか『嫌』は聞き飽きた。たまには『イイ』とか『もっと』とか言え」

「そんな、ことっ……あっ、んんっ、ふぅ……ああっ」

仕事では拒否も言い訳もしないくせに、こういう時だけ素直に応《おう》じない。

……かわいくない。いろいろとかわいくないんだよ、この女。

俺はまとわりつかせた蜜を、彼女の小さな膨らみにこすりつけた。最初はあまりに小さくてわからなかったが、何度となくいじっているうちに反応がよくなった。

もう少し、ここで簡単にイってくれれば、乱しやすくなる。

……かわいがってやるから、少しはかわいらしくなれ。

俺はあえて、そこだけを重点的に攻めていく。円を描くようにゆっくりと触れ、時に激しく上下にこする。最初は声を殺そうとするのに、だんだん抑えられなくて出る声で、俺は彼女の反応を確かめる。

横がいいのか、斜めがいいのか、左から？　右？　強いのよりは優しいほうが甘い声が出る。

「やっ……氷野さんっ、あっ、怖いっ」

イきかけている時、彼女はよく『怖い』と表現する。

他の女は『イイ』って叫んでいたけれど、彼女にはまだ快楽は『怖い』ものらしい。

彼女の膣からはとめどなく蜜がこぼれていて、俺は再度それを指にまとわりつかせた。

「関崎、そういう時は怖いじゃなくて、イくって言うんだ」

「イ……く？　どこ、へ」

……まじかよ。本気でわからない？

「気持ちいいところへだ。怖いのを耐えれば、気持よくなる。何度かイかせたろう？」

腕の中でびくびく震えながら「でも……」と言うから、俺は彼女の中に指を入れた。敏感な部分に触れるように出し入れする。

彼女の中から溢《あふ》れる蜜の音が、いやらしく響いて、関崎は高い声を上げる。

「あ、あっ……あんっ……ああ！　おかしく、なるよぉ」

幼い口調で弱音を吐くから、余計に俺は動きを速めて一気にイかせた。

……おかしくなるのは、俺のほうだ！

奥からどっと蜜がこぼれるのと同時に、彼女は俺に抱かれたまま達した。

『おかしくなる』と言ったのは本当だったようで、彼女は以降、俺にされるがままだ。達した後、ベッドにうつぶせになって倒れたのをいいことに、俺は彼女の腰を掴《つか》んで背後から中に入っていた。

枕に顔を押し付けて、時々左右に首を振る。短い髪の隙間から見えるうなじには俺がつけた痕《あと》があった。背中に浮かぶ肩甲骨《けんこうこつ》も、背骨のひとつひとつも、艶《なま》めかしく揺れて俺を誘う。染みひとつない背中がしなるたび、彼女が反応しているのがわかる。

「はぁ……ぁ、あんっ、ああんっ」

さすがにもう拒否の言葉は出なくなって、かすれた声だけが聞こえた。

おそらく羞恥心《しゅうちしん》も消えたはずだ。

背後から抱くと女のすべてが丸見えになる。彼女の中を俺自身が出入りしているのも、じっくり見ることができた。ひくひくと収縮するうしろも、めくれていく襞も、そこからこぼれるものが彼女の太腿《ふともも》に伝うのも。

……いやらしいな、さすがに。

そして世の中で俺以外誰一人として、こんな彼女の姿は知らない。それはひどく俺の心を揺さぶった。

多分もう終わらせてやったほうがいいのだろう。けれど彼女の中は気持ちがよくて、ずっと入れていたくなる。強弱をつけて出し入れするたびに、いやらしく変化する場所も見つめていたい。

油断すれば呆気《あっけ》なく達しそうになるから、それはそれで耐えるのはきつい。すでに何度か出した後だから我慢できているだけだ。

……本当はもう少し乱したい。でも多分、これ以上はダメだ。

ここまでくれば、後はなし崩しに壊していくことができる。

どんな体位だろうが、行為だろうが、受け入れるようになる。酒に酔った人間が記憶をなくして乱れるのと同じだ。快楽に酔った女も、すべてを許す。けれど、俺は歯止めがきかなくなりそうな自分をなんとか抑えた。

俺は多分、彼女から拒まれるのが嫌なのだ。

だから思い通りに操っていきたい。そのためにセックスに溺れさせたい。

……ただ、それだけだ！

俺は彼女の背中に覆《おお》いかぶさった。胸と敏感な場所と両方に指を伸ばし、腰の動きを速める。

ぼんやりとされるがままだった彼女も、急な俺の動きにふたたび体を強張らせた。

でもそれは快楽に達する前触れ。

「ああっ！　はぁんっ……んんっ……あん、あん、ああんっ!!」

きゅっと強く彼女の中が収縮して、一気に俺を搾《しぼ》り取ろうとする。

「くっ、り……！」

その流れに身を任せて、俺は自身を解放した。思わず、彼女の名前を口走りそうになったことに戸惑いながら。

＊　＊　＊

耳に最初に入ってきたのはエアコンの低く唸《うな》る音。なんかいつもより静かだなって思って、それで肌寒くてタオルケットを探した。

……エアコンきかせすぎたな。

そうしたらあったかいものがあって、手を伸ばした。

ん？　って思っているうちに抱き寄せられて、そのあったかさに身を任せた。

……人肌があったかいって本当なんだ。

雪山で遭難したら、裸になって温め合うって言うけど、あれ本当に効果があるんだなあ。

でも、感触はいまいちかもしれない。むしろぎゅって抱きしめられると、ごつごつして硬い。

「はっ!!　え!?」

自分の思考のおかしさにはっと気がついて、私はがばっと身を起こした。自分を包んでいたものを引きはがす勢いで。

「なんだよ、いきなり！」

さらに聞き覚えのある男の声が聞こえて、私はさあーっと血の気が引く思いがした。

「ひっ！」

氷野さん！　と名前を叫びかけて、慌てて口を押さえる。

スタンドライトのオレンジ色の灯り、大きなキングサイズのベッド。床に散らばった自分の服。

そうだよ、氷野さんのおうちだよ。

カードキーを返しにきて……それから、なし崩しにそういうことになって、帰ろうと思ったらまた引っ張り込まれて。

……泊まった？

昨夜の記憶が一気に流れ込んでくる。それはもう夢だと思い込みたいくらい濃密な夜だった。

初心者なのに手加減なしに、一気に上級者コースにつれていかれたような。

もう最後のほうは揺らされていただけな気がする。

……だからこんなに体がだるいんだ。

それにしても、今が何時かわからない。私はきょろきょろと部屋を見まわして時計を探した。

カーテンのわずかな隙間から、気のせいじゃなく陽の光が見える。遮光《しゃこう》カーテンのせいで時間帯までは読めない。

「時計ならないぞ。昨日も言っただろ」

ベッドに肘をついて片手で頭を支えて、氷野さんはにやりと笑みを浮かべて私を見ていた。乱れた髪が目元にかかって、艶《つや》っぽい。

「さっきから百面相《ひゃくめんそう》だな。意外に君は、わかりやすいタイプだったんだな」

氷野さんは全裸のまますたすたとベッドを下りると、カーテンをぱっと開けた。ベランダ側の大きな窓から眩《まばゆ》いほどの光が射し込んで、思わず目を細める。そして、慌ててそこから顔を背《そむ》けた。

……見えている！　見えているから全部!!

氷野さんは全裸なのだ。どこも隠していない。

いや、隠す必要がないほどスタイルはいいけれど、でもせめて前ぐらいは隠してよ！

氷野さんは、今度はクローゼットに歩いていく。

「これでいいか……」

そう呟くと、私のほうになにかを投げてきた。

「女物のバスローブなんてないからな。とりあえずそれ着てシャワー浴びてこいよ」

氷野さんは自分のバスローブを出して、緩く腰ひもを結んでいた。もっときっちりと着てほしい。胸元が丸見えで落ち着かない。

私は氷野さんが渡してくれたものを見て、微妙な気持ちになった。

……氷野さんのシャツ、だよね。

縋《すが》るように床の上の自分の服を見た。明るい部屋の中を歩き、全裸で自分の服を取りにいく勇気は今の私にはない。

受け取ったシャツに、仕方なく袖を通し、ちまちまとボタンを留める。よく少女漫画なんかで、好きな男のシャツを素肌に着るシーンがあるけれど……三十路《みそじ》前にこんな甘酸っぱい感覚を味わうことになるとは。

当たり前だけど袖は長い。肩の位置も合わない。

体格差を意識した途端、いろいろなことが蘇《よみがえ》りそうになって、首を左右に振って思考を追い払う。

ボタンをすべて留めおわると、私はベッドからそろりと両足を下ろした。丈も長く、これなら恥《は》ずかしいところを見られる心配はない。そう思って、腰を上げようとした瞬間、力が入らなくてそのまま床に座り込んだ。

「ひゃっ」

……え？　なんで？　なんで力が入らないの！

「あー、やっぱりか」

氷野さんが私の前にきて、脇の下に腕を通す。引っ張り上げてベッドに座らされて、私は呆然と氷野さんを見上げた。

「無茶させた自覚はある。どうする？　抱き上げていこうか？　一人でシャワーできないなら一緒に浴びるか？」

「無理です！」

一緒にシャワーなんか、ありえない！　ついこの間まで処女だったのだ。男とシャワーなんてハードルが高すぎる。なにより氷野さんに貧相な体をさらしたくない！

「……俺は昨夜も言い聞かせたはずだ。『やだ』とか『嫌』とか『無理』とか拒否の言葉は聞き飽きた。また言えなくなるほど追い詰められたくないなら、発言には気をつけろ」

なにそれっ！　言えなくなるほど追い詰めるって、なにするつもりなんだ！

言い返したかったけれど、体も目を覚ましたせいか、いろいろな生理現象が私には訪れている。

私は、泣きたい気分で「トイレに行きたいので支えてください」と恥《はじ》を忍んでお願いした。


シャワーを浴びて体が温まったおかげか、私はなんとか動けるようになっていた。今はリビングのソファに座って、氷野さんが用意してくれたらしいコーヒーをいただいている。

そして彼は今、シャワー中だ。

リビングにはおしゃれな壁掛け時計があって、十三時十分という、なんともいえない時間を示していた。どうりでお腹が空いているはずだ。

とはいえなにか食べようにも、氷野さんのうちの冷蔵庫には、おそらく私が調理できそうな食材なんて一切ないだろう。

――本当は氷野さんがシャワーを浴びているうちにこっそり帰ろうと思っていた。けれど、私の考えを見越していたらしい氷野さんに釘を刺されたのだ。

曰《いわ》く、勝手に帰ろうとしたら、もう二度と帰れないようにするぞ、と。

そんなことできるわけがないと思うけれど、彼が本気になったら可能かもしれないと思い直し、こっそり帰るのは諦めた。それに体もだるくて逃げ出す元気もない。むしろタクシーを呼んでほしいぐらいだ。

私はセンターテーブルに置かれたカードキーをじっと見た。

……多分、こういうのよくないんだよ。

きっとなし崩しに流されていく。

私はもう、どんなに氷野さんに対して拒否の言葉を並べ立てても、彼に命じられれば応《おう》じてしまう。便利な家政婦代わりに扱われても、性欲解消の相手にされても。

氷野さんがどうして私を抱くのかはわからない。考え得るのは、好奇心。

……気に入らなかった秘書が意外にも処女で、遊びたくなったってところかな。

私はふっと笑いたくなった。

やっぱりバカじゃん、私。

どう考えたって無理な相手ばかり、好きになるなんて。

溝口さんの時のような憧れや思慕《しぼ》が入りまじった純粋な好意とは、ほど遠い……これが恋だなんて認めたくないぐらい複雑な感情だけれど。

とにかく私の片想いは、どうやら報われないものと決まっているようだ。

「関崎？」

「はい！」

名前を呼ばれて、秘書モードで返事をしてしまった。

振り返れば、氷野さんはきちんと髪も乾かして、カジュアルなパンツにこげ茶のカットソーという出《い》で立《だ》ちだった。昨日のラフな格好といい、今日のカジュアルな格好といい、イケメンはなにを着ても似合うし、どんな姿でも素敵に見える。

でも、スーツ姿の時よりクールさはダウンしている気がした。

それは私が少しでも、素《す》の氷野さんを知ったせいかもしれない。

私はといえば、昨夜と同じ服装で、メイクだって軽め。キッチンで見つけたメガネをかけて、どこにでもいる三十路《みそじ》手前の地味女だ。

「体は大丈夫か？」

心配してくれるなら手加減すればいいのに。でもそういう気遣いに、私はいつも心を揺さぶられる。

「……なんとか」

「大丈夫なら外で食事をするぞ。ここには飲みもの以外なにもない」

「食事、ですか？」

「腹が減っているだろう？　朝も昼もなしだったからな」

……だから帰るなって言ったのかな。

確かにお腹は空いているけれど、この誘いに乗るのは危険だ。

私はすでに、氷野さんのプライベートに介入しすぎている。これ以上一緒にいたら、引き返せないくらい気持ちが大きくなって、つらい思いをすることになる。

だって彼は、絶対に私の気持ちには応《こた》えてくれないのだから……

それがわかっているのに、手招きされると断れない。

「関崎、『拒否』はなしだ」

私の戸惑いに気づいたのか、氷野さんが静かに冷たく言い放つ。

そしてソファまでまわり込むと、私をじっと見下ろした。

私はごくりと唾液《だえき》を呑み込んで氷野さんを見上げる。目をそらしたいのにそらせない。

この人は命じることに慣れた王様だ。

「私……」

「それから、カードキーは君に預けておく。俺の健康管理も秘書の仕事なんだろう？　栄養管理も君に任せる」

氷野さんはセンターテーブルの上にあったカードキーを私に差し出した。

押し付けてこないのは、私から手を伸ばして受け取るのを待っているからだろう。

私に選択権を与えているふりをして、彼はいつも自分の思い通りにしてしまう。

私は、じっとカードキーを見つめた。

……溝口さんの時は、そばにいられるだけでいい、そう思っていたよね。だったら今度もそう思えばいいのかな？

報われないとわかっていても、そばにいさせてくれるなら、彼の気まぐれが続く間だけでも……そばにいたい。

私は密かに決意を固めた。

「食事に行く前に、調理器具の確認をさせてください。足りないものは購入していただけますか？」

プライベートでも彼の秘書をさせてもらおう。

栄養管理も、この際きっちりするのだ。コンビニ弁当や栄養補助食品ばかりに頼らせないようにしよう。

私は彼の秘書だ。会社では専属ではないけれど、プライベートでは専属になる。

そう思えばきっと……大丈夫。仕事もプライベートも彼が望む限り支えていく。

私は彼の手からカードキーを受け取る。

すると氷野さんは、にやりと笑って言った。

「ああ、君が必要ならいくらでも買えばいい」

そうして、彼の部屋のキッチンにほとんど物がないことを確認して、遠慮なく調理器具を買いそろえた。

第二章　ＣＥＯは秘書に溺れる？

私が彼のプライベートの専属秘書になって数ヶ月。

いつも通りに会社で仕事をしていたところ、バタンッといきなり専属秘書室の扉が開かれた。

秘書課のメンバーも私も、びくっとして思わずそちらを見る。

氷野さんの専属秘書である『ひだまりちゃん』こと大川さんは、以前よりも仕事の振り分けが上手になり、自分一人で対応できる業務も増えてきたところだ。春より伸びたふわふわの髪は、秘書っぽくハーフアップにされていてスーツ姿も大人びてきた。こんなふうに、彼女が取り乱すのは最近では珍しい。

「関崎さんっ」

「どうしたの？　大川さん」

私はあえて落ち着いた声で、ひだまりちゃんに問うた。

彼女ははっとして、今にも走り出しそうだった勢いを抑えて、しずしずと近づいてくる。

——そうだよ。秘書はいつでも落ち着いて、大きな声を出したり、走ったりしないでね。

素直で表情豊かなのは彼女の魅力ではあるけれど、口元も引き締《し》めて。

「氷野さんが一週間後、海外出張されるそうです。その手配を頼まれました」

「それって、もしかして」

ひだまりちゃんが、力強く、そして嬉しそうに大きく頷く。

老舗醤油《しにせしょうゆ》屋さんの東南アジアへの進出が決まったということだ。

このプロジェクトは、二転三転してかなり大変だった。一度は提携した現地企業が経営悪化のためプロジェクトから身を引き、また一からやり直しになったのだ。

氷野さんが自宅に持ち帰ってやっていた仕事も、大半がこの関係だった。彼がかなり苦労していたのを、秘書としてそばにいた彼女も私もよくわかっていた。

だから、喜びもひとしおだ。

私はすぐに、航空機からホテルの手配をはじめ、スケジュールをどう組み立てて現地とやりとりするか彼女と一緒に計画を立てていく。

同行するのはプロジェクト統括部長と、現地で法律関係のやりとりをする弁護士さん、そして老舗醤油屋《しにせしょうゆや》の社長さんだ。契約が無事済めば、ひとつのヤマ場を越えたことになる。

……よかった、本当に。

氷野さんの実績が増えていけば、それは氷野さん自身と、会社の評価に結びつく。

溝口さんの退任で経営が危ぶまれて、氷野さんの就任で持ち直して、そしてこれでひとつの夢が叶ったことになる。

——国内で業績が伸び悩んでいる老舗《しにせ》の中小企業は多い。失われていく技術や伝統がある。その打開策のひとつとして、溝口さんは海外に目を付けていた。そしてそれを実践するために、海外勤務経験の長い氷野さんを呼んだのだ。これを足掛かりに、新たな分野の開拓になればいい。

……今夜はお祝いかな？

私は海外出張の手配とその間の業務の調整をしながらも、こっそり今夜の料理の献立《こんだて》を考えていた。


その日の終業後。

私は先に一人で彼のマンションへ行き、夕食の支度に取りかかっていた。

できあがった料理をよそいながら、初めて食事を作りにきた日のことを思い出す——

『料理を作りにきてほしい』

そのメールをもらった時、私は素直に彼の部屋に料理を作りにいった。氷野さんは取引先へと出かけていて、帰りが遅くなることはわかっていた。だから料理を作って、ラップをかけて置いて帰った。彼の分だけ。

その翌日、平日にもかかわらず彼のマンションに呼び出され、私はかなり大変な目にあった。まず、なんで俺が帰るまでいなかったのか、なんで俺の分しか準備しなかったんだと怒鳴られ、食べ終えた食器の片づけまでしろとか、私の分も準備しろとか言われながら、ベッドに連れ込まれた。

私は料理さえあればそれでいいのだと思っていたけれど、どうやら違ったらしい。

以来、私は料理を作りに来いと言われた時は一緒に食べるつもりでマンションへ行くようになった。そして大抵そのまま泊まる羽目になる。

初めて平日に氷野さんの部屋に泊まった翌日は、正直パニックになった。

一度家に帰る時間ぐらいほしかったのに、帰らせてもらえなくて、そのうえ一人で電車に乗って行くと言ったのに、ついでだからと車で会社まで連れていかれたのだ。さすがに会社から少し離れた人気《ひとけ》のない場所で降ろしてもらったけれど。

氷野さんの忙しさはよくわかっているから、彼のプライベートな時間がどれほど少ないかも知っている。どんなにこっちが配慮したって平日の帰りは遅めだし、週末だって毎週空《あ》いているわけじゃない。

だから特定の恋人を作るのは難しいだろうなあと思った。

一緒にどこかへ出掛けたりする余裕なんかないのだから。

会社が一緒で仕事の事情を理解していて、料理の支度も任せられるし、疲れている週末にデートする必要もない私は、今の彼にとって都合がいいのかもしれない。

私はこういう生活が続いても、『体目当てなんじゃないの？』とか、『都合のいい女扱いされてる』なんて言ったりしない。だってそれは、最初からわかりきっていたことだから。彼がどう振舞おうと、ただ受け入れるのみだと割り切っている。

そんなことを考えている間に、玄関が開く音がした。

今日はおめでたい日なので、いつもより豪華な料理を作り、テーブルコーディネートも整えた。もうすぐ食事の準備が整うから、もう少し待っててと言おうとしたのだけど——

「え、ちょっと待っ……！」

どうしてキッチンで襲われるの⁉

……とはいえ実は、今日に限ったことではなかったりする。

彼とセックスするようになって気づいたことがある。

氷野さんは、契約や仕事がうまくいくとセックスを求めてくる。多分ギリギリまで神経を張りつめて取り組んでいるから、成功すると気分が高揚《こうよう》して、それが性的興奮に結びつくのだろう。

うまくいかない時は、どちらかといえば甘えモードになる。ひたすら仕事に集中して、息切れすると呼び出されて、睡眠確保の抱き枕代わりにされるのだ。なにもせずに私を抱きしめて眠りにつく。結局、起きた後はセックスするのだけれど。

今夜はトラブル続きで頓挫《とんざ》しかけたプロジェクトの道筋が見えてきたのだ。興奮するのも仕方がないとは思っていた。でもまさか、帰ってくるなりキッチンで抱かれるとは思わなかった。

「待たない」

氷野さんは背後から私に抱きついてきた。胸をまさぐり、ブラのホックを外す。服を脱がす手間も惜しいのか、そのまま胸を揉み出す。同時に下着に手を入れて、私の体を愛撫し始めた。

この人は自分がどれだけ興奮していても、すぐに突っ込んできたりしない。必ず一度は私をイかせてから入ってくる。

ただそのイかせ方が容赦《ようしゃ》ない。

いつもは私のペースに合わせて、時には焦《じ》らして、余裕をもって導《みちび》くのに、こういう時は早くイけとばかりに強引に触れてくる。最初こそ、慣れない強引さに怖がったりもしたけれど、今はその強引さをぶつけられること自体が嬉しかった。

……毒されていると思う。

「あっ、あ、あんっ」

ずれたブラの間から胸をさらしながら、私はシンクに掴《つか》まっていた。下着はすでに床に投げられ、おしりを突き出す姿勢でうしろから舐《な》められている。

氷野さんはセックスの前のシャワーにあまりこだわっていないようで、平気でそこを舐《な》めてくる。だから私は部屋へ来る前にシャワーを浴びるようにしているけれど、それでも戸惑いは消せない。

「はぁ……ああんっ、氷野さんっ、ああ！」

指でかき出し、舌で受け止め、そのまま敏感な粒を舐《な》める。指は確実に私の弱い部分を抉《えぐ》って、そのたびに卑猥《ひわい》な音とともに蜜がこぼれていった。床に落ちる水滴が見えて、恥《は》ずかしくてたまらなかった。

洗いものが片づいたキッチンは綺麗《きれい》だけれど、それでも料理をする場所でのセックスは奇妙な興奮を覚える。私は今後ここで料理をするたびに、今夜のことを思い出すのかもしれない。

ぶるぶると腰が震えて床に崩れたくなる。でも氷野さんはそれを許さないかのように、私の腰を支えていた。

「氷野さんっ……イっちゃ、う」

イく前の宣言も彼に躾《しつ》けられたものだ。

「イけよ」

言わなくて散々に焦《じ》らされて泣かされたので、以来口にするようになった。不思議なことに自分で宣言すると、イきやすくなった気もする。

私がイくと、彼は指も舌も離して、達する時の卑猥《ひわい》な場所をじっと見ていた。

ひどく蠢《うごめ》いて、とろとろ蜜を垂らして、卑猥《ひわい》な色をして、きっとものすごくいやらしい。

そうして私の体が落ち着くのを待って、中に入ってくる。

「ああっ！」

「また、イった？　随分上手になったな」

……上手にもなるよ！　さんざん教え込んだのは、あなたじゃない！

私は氷野さんとのセックスしか知らない。でもかなり濃厚で激しい気がしている。

快楽に溺れれば楽になる。そう言っては、氷野さんは私を激しく何度も抱いた。

この人は女の体をよく知っていた。

どうすればイくのか、イけばどうなるか、そこからどれほど乱れ始めるか。

「……んんっ!!」

いやっと反射的に言いかけて抑える。彼は拒否の言葉が嫌いで、口にすればまともな言葉が出なくなるまで追い詰めてくるのだ。

彼はぐいっと腰を引いて、ゆっくりと押し入る。バックから挿入されると、お腹の前のほうにあたる。そこに私の感じる場所があって、氷野さんは迷うことなく狙ってきた。

「あんっ、あっ……はぁっ……ああんっ」

シンクに、自分のいやらしい声が反響した。

「……関崎、俺もイく。耐えろ」

氷野さんの動きが速くなって、私は揺さぶられた。硬いものが奥へ奥へと突いてくる。それは私の中のうねりをかいくぐり、その果てまで狙うような強さがあった。

肌がぶつかり合う音と、繋がった場所の水音が重なって、そこに私の嬌声《きょうせい》が加わった。

「ああ!!　……あっ、あっ……あ、ああっ!!」

耐え切れなくて私の体が崩れ落ちるのと、氷野さんが放ったのは同時だった。

腰が、がくがく震える。キッチンの床は、ありえないもので汚れている。それでも、氷野さんが出ていった後これで終わりだと思ったのに――

スカートを脱がされシャツとブラを奪われ、私は全裸でキッチンの床に転がされた。

「足りない……」

そう呟くと、氷野さんはネクタイをしゅっとほどいた。そして避妊具をつけると、ふたたび私の中に入ってくる。

氷野さんはシャツもスラックスも身に着けていた。前だけを開けて私の中に入ってくる。

灯りが煌々《こうこう》とついたままのキッチンの床で、私だけが全裸になって挿入されている。

氷野さんは私を抱き寄せ、キスをしてきた。

激しい舌の動きに、私はうまく対応できない。それがもどかしかったのか氷野さんは、私の舌を自分の舌できゅっと捕まえてきた。舌と舌が激しく絡み合う。緩やかに打ち付けてくる腰からも別の水音がする。

私はもう何度となく軽く達していて、床にぶつかる背中の痛みさえ気にならなくなった。

口の周りが唾液《だえき》まみれになる。彼は、甘く唇を噛んでは舐《な》めまわし、奥に入ってきては舌を絡める。私はすべてを氷野さんに奪われている気がした。

「んんぅ……ふぅ」

胸を揉まれ、乳首をきゅっとつままれる。びくびくと腰が跳ねてしまう。どこを触られても感じやすい体に変化している。そうなると、もう彼の思い通りだ。

唇が離れて声が出る。氷野さんは体を起こすと、私の両膝の裏を掴《つか》んで高く上げさせた。

でんぐり返しに近い格好は間抜けだと思うのに、この人は私のすべてを見たいようだ。

そして私の手を掴《つか》んできた。彼が私になにをさせるつもりかわかったけれど、私に抵抗などできるはずもない。導《みちび》かれた先は、私たちが繋がった場所。指先が触れれば濡れた感触があって、私の指はべたべたになる。私の中を出入りする彼自身に触れると、そこは不思議なほど硬い。

「気持ちいい？」

「……ん、いい」

「君の中を出入りしている。わかるか？」

「……う、ん」

「今、きゅって締《し》まった」

……やっぱり、かなり興奮しているんだ。

言葉でも、いやらしく攻めてきた。こうなったらもう素直に返事をするのが身のためだ。それでも恥《は》ずかしくてたまらない。

「ここ、すごく膨らんでいる。ほら自分で触って」

私はささやかに彼を睨《にら》んだ。

彼はものすごく意地悪で、ものすごく嬉しそうで、私はものすごく腹立たしい。

「まだ恥《は》ずかしいのか？　さんざん教えてきたろう？」

教えられたよ！　自分でする方法なんて知らなくたってよかったのに！

この間、彼の目の前でさせられた時は、半泣きだった。

「もう片方は胸に。そう、いい子だ」

最初はそこに指を置いても、置くだけで動かせなかった。でも今は違う。そこに触れたら最後、勝手に動かしてしまう。だって私は自分の気持ちのいい場所を、覚え込まされたのだから。

「泣きそうなの、かわいい」

「……も、黙って……あっ、ああんっ」

いやらしい言葉よりなにより『かわいい』と言われるのが一番嫌だ。

だって、その言葉だけで私は、呆気《あっけ》なく達してしまうから。

それを誤魔化したくて、私は指を動かした。胸の先を小刻みにくすぐり、濡れたクリトリスも同じようにこすっていく。

氷野さんに奥を突かれる快感と、自分で触れて感じる小さな痺《しび》れが、全身にぱあっと広がっていく。快楽に染め上げられた体は、もうその先を望んでいる。

私は自《みずか》ら足を広げて、自分で触って、そして彼に抉《えぐ》られながら、彼の目の前でイき続けた。


「今夜はご馳走だな」

しばらくして、私より先に復活し、身支度を整えた彼がダイニングテーブルの上を眺めてそう言う。私は気だるい体を横たえたまま、そっぽを向いて呟いた。

「……お祝いのつもりだったから」

「ああ、ありがとう」

「…………」

彼は私に下着や服を着せてくれる。私は泣きながら、されるがままだ。

無理やりイかされ続けると涙腺《るいせん》が壊れる。泣き出す私に最初は驚いていた彼も、今では慣れたようで構わず私の世話をする。

「ほら、腕まわして」

「ん」

彼の首のうしろに手をまわすと、氷野さんは私を抱き上げた。いわゆるお姫様抱っこだ。こういうのも当たり前になってきた。

「食事、温めなおさなきゃ」

「やるよ。俺のせいだからな」

「こうなるって、わかっているんだから……せめて食事の後にしてください」

しなきゃいいとは言えないので、せめて食事の後にしろと抗議した。

「我慢できなかった。それに、こうなる君が見たいんだからいいんだよ」

にやりと笑って言われてしまう。

「かわいいな」

「言わないで」

このやりとりも、いつものことだ。

いつからかな、『かわいい』って言われるようになったの。

そう言われると私がむやみやたらに恥《は》ずかしがるせいで、わざと言うようになったところがある。

だからあまり本気にしない。それでも心は揺さぶられて、私は不意に泣きたくなる。

私をダイニングの椅子に降ろすと、氷野さんは「温めるの、どれ？」と聞いて皿をレンジへと運んでいった。

温めている間に、冷蔵庫からビールも出してくる。

私はお酒が苦手なので、私の分のウーロン茶も持ってきてくれた。

「おめでとうございます」

「まだ契約をかわしてないから確定じゃない。でも、ありがとう」

グラスを鳴らして乾杯し、ごくごくと一気に飲み干した。

お互い喉が渇いていたようだ。あまりに飲みっぷりがよかったので、二人で小さく笑う。

レンジが鳴って氷野さんが温まった料理を運んできた。

初めて作った料理もあったけれど、うまくできた。氷野さんも、おいしそうに食べてくれる。

「出張準備は大丈夫そうか？」

「大丈夫です。きちんとできたら報告します」

「出発前日はここに来いよ」

「和食を準備しますね」

氷野さんが顔を上げて私を見た。

海外出張前だから和食を食べておきたいかなと思ったけれど、違っただろうか。

「氷野さん？」

まずいものを食べたみたいな表情だ。今日の料理が、なにか口に合わなかったのだろうか？

「好みじゃないものがありました？」

「……いや、どれもうまいよ」

「帰国日はどうしますか？　冷蔵庫に食べやすいものを入れておきましょうか？」

「そうだな。君が大丈夫なら、その日も和食を作りに来てくれると助かる」

「わかりました」

出張は一週間の予定だ。東南アジアの食事って、どういうのなんだろうか。お腹がびっくりしないようなものを考えたほうがいいのかな。出発前と帰国後の献立《こんだて》は別がいいだろう。

出国前も帰国後も、会えるのは素直に嬉しい。けれど同時に、胸がつきんと痛む。

こんな時間を過ごしていると、勘違いしそうになる。

氷野さんの貴重なプライベートの時間をもらっているのは私だけだ。それは確信がある。

この部屋にも、今は私の私物が置かれていて、私はそれを増やさないように心がけるのに必死だ。

知れば知るほど彼に惹かれて、とまらなくなってしまう。

最初の頃は彼のことを誤解していた部分もあったのだと、今ならわかる。

それは会社の他の人たちも同じなようで、最近では『アイスキング』というあだ名で呼ぶ者はいなくなった。

——そうなんだよ。冷静で、冷淡で、冷酷そうに見える、それも彼の一面ではある。

でも、それだけじゃない。

激しい情熱を持っていて、仕事に没頭して成果を残している。

そして……いやらしくて、優しくて、時々甘えたがりで、わがままで、暴君で。

そんな姿を垣間《かいま》見《み》るたびに、私の中の好きという感情が大きくなっていく。

その感情が大きくなればなるほど、欲望と不安が同じぐらい広がっていくのだ。

そばにいられるだけでいい。そう思っていたはずなのに。

どうして、こんなにワガママで独りよがりな感情が芽生えてくるんだろうか。

ただそばにいられればいい。仕事でもプライベートでも。それがおかしな関係でも。

……私、耐えられるのかな？

ビールを飲み、料理を口にする氷野さんを見ながら、幾度となく問う。

——こんな穏やかな時間を過ごして、ありのままの彼を知ってしまって、どこまで頑張れるんだろう。

多分「好き」って言えば終わる気がする。氷野さんは私の気持ちなんか求めていない。

『私ってあなたにとってなんですか？』と聞いたとしても、彼は『秘書だろう？』と答えるだけだ。

そう答えられたら私は——どうするんだろう？

そのまま何事もなかったように関係を続ける？

終わりにする？

だから、聞かない。言わない。どうせ放っておいても、いつかは終わりがくるんだろうから。

こうして、ますます複雑になる想いを抱えたまま、夜は更けていった。

＊＊＊

海外出張に向かう前に、会っておきたい男がいる。今晩俺は、その男に会う約束をしていた。

路地の奥まった場所にある穴蔵《あなぐら》みたいなバーは上等のウィスキーやウォッカが楽しめる。年代物の蒸留酒《じょうりゅうしゅ》の奥深さを知ると、中途半端なバーでは楽しめない。値段は張るけれど、ここにいる客はそんな上質な酒を求めてやってくる。年齢を重ねた男性がほとんどで、女性客もその連れだ。おかげで、店内はしっとり落ち着いた雰囲気に満ちていた。

少し重みのあるドアを開けて入ってきた男を見て、俺は軽く手を上げた。酒を楽しむならカウンターだが、今夜は話がメインなため半個室のスペースを予約していた。男二人で向かい合って呑むにはちょうどいい。

「待たせたかな？」

仕事帰りの疲れなど微塵《みじん》も見せない貴公子面《づら》で、男は俺の向かいに座った。テーブルの上にある呑みかけの俺のグラスを見て「同じものを」と店のスタッフに頼む。

「忙しいのに悪かった」

「忙しいのはお互い様だ」

彼とは、関崎凛を同伴したパーティーで久しぶりに再会した。時間が合えばゆっくり話でもと言っていたのに、しばらくはそんな余裕はなく、けれど今回の仕事を通して密に連絡を交わすことになった。

頼んだグラスがテーブルに置かれたのを見て、互いにグラスを軽くかかげる。天井からぶら下がる裸電球の灯りが、アンティークもののグラスに反射して煌《きら》めく。

「今回は助かった。礼を言う。ありがとう」

俺は改めて頭を下げた。

「僕は知り合いを君に紹介しただけだ。うまくいったのは君の手腕だろう？　お礼なんて必要ないけど……酒は楽しませてもらう」

「ああ」

今回の老舗醤油《しにせしょうゆ》屋の海外進出は、始めた当初はとんとん拍子で話が進んでいた。なのにそれから二転三転し、そのまま頓挫《とんざ》しそうだったのだ。そこそこ金をかけてきたのに、ここで中断しては元も子もない。

俺は結局、藁《わら》にも縋《すが》る思いで、海外留学時代に知り合った彼に連絡を取り、彼の人脈を借りて今回のプロジェクトを形にした。今夜は、そのお礼の意味も込めて酒に誘ったのだ。

「今夜は本当によかったのか？」

誘いはしたものの、彼は最初必要ないと断り、『できるだけ早く家に帰りたいんだよね』とぼやいていた。だったら他の形での礼をと考えていた矢先に、今夜なら大丈夫だと連絡がきたのだ。

「妻も友達と今夜は出かけたいって言ってきたから。まあ、たまにはね」

ああ、奥さんに予定ができたから、応《おう》じてくれたってことか。

俺は酒を舌で転がすように味わいながらも、苦いものを感じていた。

留学時代に知り合ったけれど、彼は俺よりいくつか年下だった。大学の講義で一緒になり、日本人の少ない学校だったから会うようになった。卒業後も、仕事の関係で何度か会ったことがある。お互いのプライベートを詳しく知っているわけじゃない。けれど会えば話をする。たまに会いたくなる、そういう関係だった。

「契約はこれから?」

「ああ、明後日《あさって》出発予定だ。契約をきちんと交わすまでは油断できないけれど」

「そうだね。でも、僕もフォローは入れる。大丈夫だ」

彼は、ふわりと綺麗《きれい》な笑みを浮かべる。紳士的で穏やかで落ち着いた雰囲気は、きっと俺と真逆だ。けれど彼はこの綺麗《きれい》な笑みで、シビアに仕事をこなす。見た目通りの、ただ優しいだけの男でないことは知っていた。

……味方にしたら心強いが、敵にまわすと厄介《やっかい》だろうな。

俺たちはその後、当たり障《さわ》りのない話から入っていった。仕事の話、海外での共通の知り合いの話、気になる企業の動向、たまに政治的な話も。

そのたびに俺の目には彼の左手の薬指の指輪がチラついた。

――海外出張への出発は明後日《あさって》の午後だ。明日の夜は関崎凛が食事を作りにうちにやってくる。

『出発前日に来い』

そう言ったのは、一週間会えないから顔を見ておきたいと思ったからだ。けれど俺の気持ちなど知る由《よし》もない彼女はすぐに『和食を準備しますね』と答えて——その時、気づかされた。彼女は、海外出張前に来いと言われたのは、食事のためだと思っている。俺は、それが気に食わなかった。

でもすぐに、彼女がそう思うのは当たり前だと思った。

関崎凛は、俺が呼べば断ることなく部屋にくる。作れと言えば料理をするし、部屋が散らかっていれば片づける。そして体を求めれば応《おう》じる。

いつの間にか俺は、それに居心地のよさを感じていた。

——はじめは、彼女を試すために持ちかけた関係だった。

カードキーを渡し、彼女の望む通りの調理器具を買いそろえ、泊まるのに必要なものは置いて構わないと言った。そこまですれば、さすがに恋人面《づら》してあれこれ世話を焼いてくると思っていた。

自分だけは特別だと思えば、女はすぐに変わっていく。

そのことを俺は知っていた。

彼女が恋人面《づら》をしはじめて、俺に見返りを求めるようになっても、気が向けば与えるし向かなければ無視する。関崎凛とも、いずれそういう関係になるだろうと予想していた。それでも構わないと思ったし、最初かなり俺を嫌っていた彼女が求める見返りがなんなのか、少し気になったというのもある。

俺に抱かれるまで処女だった女が……なんの裏もなく抱かれ続けるなんてあり得ない。その本性を暴《あば》いてやろうと思ったし、面倒にならない限りは切るつもりはなかった。

そしてこの関係を始めてしばらく経つが、関崎凜は……俺に一切面倒をかけない。

明確な言葉をせがむことも、もっと会いたいと自分から言うことも、『私ってあなたのなんなの？』と女たちから散々聞かされたセリフを投げかけてくることさえもない。

仕事でもプライベートでも面倒をかけない女。俺の役に立つ女。

俺にとって女は「役に立つか立たないか」だけだった。

だから『和食を準備しますね』と言われたら、俺の気持ちをよく汲み取っていて役に立つと、ただ思えばよかったのに。

……おかしいのは俺のほうだ。

あのセリフに妙な焦燥感《しょうそうかん》を抱かされて、それからわからなくなっている。

見返りを求められるのが嫌だったのに、なにも求められないことに不満を覚えるなんておかしい。

「なあ、結婚してよかったか？」

ふと会話が途切れた瞬間、俺は思わずそう口にしていた。言った俺自身が驚いたぐらいだ。相手も当然驚きを露《あら》わにして目を見開く。けれどすぐにそれを消して、らしくない俺のセリフをからかうこともしなかった。

「よかったのかな……？」

一瞬、結婚を後悔しているかのように聞こえた。けれど彼は左手を出して指輪を眺める。それはもう、愛しそうに。

「僕にとってはよかったよ。僕は彼女を自分のものにすることができた。でも彼女はどうだろうね」

俺のいきなりのセリフに冗談で返してもよかったのに、目の前の男は真面目に淡々と答える。

「僕は彼女に選択肢を与えた。僕を選ぶのも選ばないのも自由だと。でも本当は違う。選択肢を与えたふりをして誘導した。彼女が僕しか選べないように。幼い頃から刷《す》り込んで、味方は僕だけだと思い込ませた結果、彼女は大学進学もせずに僕の望むままに、僕が作った鳥籠《とりかご》の中に素直にいてくれる」

口調はやわらかいが、表情だけが、がらりと変わった。穏やかな仮面が剥《は》がれて、獰猛《どうもう》さが見え隠れしている。その変貌《へんぼう》に、俺は改めて怖い奴を相手にしていると実感した。

「そして妻は、僕と一緒にいて幸せだって、かわいらしく笑う」

「だったら結婚してよかったんだろう。彼女も」

これ以上豹変《ひょうへん》した姿を見たくなくて、俺はすっぱり切り上げることにした。俺の言葉に満足したのか、彼もふわりと表情を緩める。そして意味ありげな綺麗《きれい》な笑みを浮かべた。

「恋愛感情なんて綺麗《きれい》なものじゃない。君もほしいものができたら迷わず手に入れることだ。でなければ、簡単にすり抜けていくよ」

意味深に言ってから、「僕は妻の迎えに行く。君の成功を祈っている」とさらりと言い放って帰っていった。

一人残された店内で、俺は関崎凛のことを考える。

……俺は彼女をほしいと思っているのか？

そう自分に問うて苦笑する。

……ほしいんだろう？　だから呼び出すんだ。命じるんだ。なんとも思っていないなら、一人の女だけをずっと抱くかよ！

かすかに浮かぶのは過去に唯一、ほしいと望んだ女の姿。

そんな俺の気持ちを利用して、彼女は自分のほしいものを手に入れた。

父と息子を天秤《てんびん》にかけながら、計算高さを隠して近づく女。

そんな彼女に、関崎は似ていた。

だから重ねて……関崎にも化けの皮があるはずだと決めつけ、それを無理やり剥《は》がそうとして抱いて、いまだに疑念を拭《ぬぐ》いきれず試してしまう。

本当はもう、二人は違うのだと、似ても似つかないのだと気づいているのに――

俺はグラスに残っていた酒を一気に呑み干した。

＊　＊　＊

一度、関崎凛に聞いたことがある。

『なんで今まで処女だったのか？』と。

彼女は『は？　そんなこと聞かれたって、機会がなかっただけとしか言えませんけど』と不機嫌そうに答えた。

言い渋るのを聞きだしてわかったのは、高校時代に少しだけ付き合った男とは清い関係だったこと。就職してからは忙しかったうえに、ずっと溝口さんに片想いしていたことだ。

いつから溝口さんを好きだったのか聞いたところ、いろいろ考えた末に『就職してから』と言っていたが、それより前からのようなニュアンスがあった。

彼女と溝口さんの出会いは彼女が十歳の頃。出会った時から結婚していて子どももいた溝口さんへの想いは、俺にはよく理解できない。年の差や既婚者であることを考えても到底無理な相手だ。それに、もし向こうにもそんな感情があれば、もっと早く関崎とそういう関係になったはずだ。

二十歳そこそこまでなにもない時点で、普通なら諦めて次の恋でも探しにいく。二十代の女なんか恋愛のことしか考えていないイメージがある。

『探そうとしましたよ！　でも仕事が忙しかったんですよ。それに、出会いのチャンスなんてそうそうありません！』と言い訳して『氷野さんにはわかりませんよっ』と喚《わめ》いていた。

仕事では澄ましているくせに、プライベートでは途端に反抗的になる。

男に慣れていなくて、男女のこともあまり知らなくて、駆け引きするテクニックさえ持っていない。だからこうして抱いていても、いつまで経っても初々《ういうい》しい反応をする。

出張前日の今日、彼女はうちにきて和食を用意してくれていた。料理は苦じゃないようで、ある材料で手早く調理する。根菜の煮物に、煮魚、海藻サラダに、お吸い物、刺身だけは購入してきたものらしいけれど、献立《こんだて》には彼女の心遣いが感じ取れた。そうして後片づけを終えると、当たり前のように帰ろうとしたので、こうして引き留めて抱いている。

「明日出発ですよ。大事な契約ですよよ！　今夜ぐらい、ぐっすり寝て体調を整えてください」と
彼女は本気で俺の体を心配しているようだった。でも心配の方向性が違う。俺の体を心配するなら、彼女が気にかけるべきは俺の性欲のほうだ。契約前の昂《たか》ぶりとか、しばらくセックスできないこととか、そういうのを考えてくれたほうがいいのに、男の性を彼女は理解していない。

そんな苛立《いらだ》ちに任せて、彼女を寝室に連れ込んで、俺に無理やり跨《また》がらせた。

「ほら、腰動かせ」

「……無理ですっ……わか、んないっ」

……大体、本当に食事だけ作りに来てどうするんだ。家政婦じゃないんだぞ。そのうえ、しばらく会えないのにさっさと帰ろうとしやがって。

だから初めてのことを彼女に強いた。最近は拒否の言葉を発しないようになっていたけれど、さすがにこの体位は厳しかったようだ。

今、彼女は寝転がった俺の上に座っている。もちろん繋がったままで。

ベッドに両手をついて、腰を上下に動かして俺のものを自《みずか》ら出し入れする。

目の前で胸が揺れるところとか、恥《は》ずかしさに頬を染めて涙目で俯《うつむ》いているところとか、見ているだけで楽しい。

彼女が腰を浮かすたびに、スムーズに己が出入りする様子を見ると、処女だった頃のきつさが嘘みたいに思える。中はいい感じにうねって、温かくいやらしく俺を包み込んでいた。

……気持ちはいいし長持ちはするけど、イけないな。

もどかしくてたまに腰を突き上げると、「あっ、あんっ」と反応する。そこを自分で狙ってくれればいいのに、どうもうまくいかないようだ。

「上下だけじゃなく、前後にも動かせ。腰をまわすようにして」

俺は彼女の腰を掴《つか》んでレクチャーする。すると関崎は上下運動だけじゃなく前後にも動き始めた。でも、腰をまわしはしない。多分わけがわからない状態にまでして、焦《じ》らして追い詰めた後なら、自《みず》ら快楽を求めて腰を振ることができるんだろうけれど、この体勢になった時から羞恥《しゅうち》が勝っているようで、彼女の体からは熱が引いている。

「体を起こして少しうしろに倒してみろ。わかるだろう？　君のココを俺にこすりつけるようにすれば気持ちいいはずだ」

仕方なく別の方法を口にすると、彼女は睨《にら》むように俺を見た。なんでそんなことわかるんだって顔だ。

……知らなすぎなんだよ。俺のほうが女の気持ちいいところを知っているんだから仕方ないだろう。

その後、わずかに眉根を寄せて泣きそうになる。しかし、その表情はすぐに消えた。

……まただ。

最近よく見るようになった表情。いや、もしかしたら俺が気づいていなかっただけで、本当はずっとそんな表情をしていたのかもしれない。

わかっている……本当は。

彼女が、俺にとって自分は家政婦代わりだと思っていることも、性欲解消の相手だと思っていることも。

彼女は俺からの一方的なメールの指示に応《こた》えて、仕事だけではなくプライベートでも秘書のように振る舞っている。そして俺は、それをいいように利用してきた。それで構わないと思っていた。

なのに――――!

俺は上体を起こすと、緩やかに彼女を抱きしめた。

「練習が必要だな。俺が出張から帰ってきたら特訓だ」

「……そんな特訓いりませんけど」

そう言いながらも、おずおずと俺に身を委《ゆだ》ねてくる。

――少し前まで俺はそのためらいがちな仕草を、慣れないせいだと思っていた。いつまでも恥《は》ずかしがって、だからためらっているのだと。

でも多分違う。

どこまで俺に甘えていいかわからなくて、だからいつまでも慣れないんだ。

置いていいと言っても、必要最低限しか置かれない私物。バスルームや洗面所といった場所には、髪の毛一本落とさない。

セックスをしていても、俺の名前さえ呼ばない。もし俺が呼んだなら、彼女も『須王』と俺を呼ぶのだろうか。

凛。

心の中だけで呼んでみる。

けれど決して口に出さないで済むように、俺は彼女にキスをした。

凛が俺の背中に手をまわして、そっとしがみつく。

繋がり合ったままキスをして、誰よりもそばにいるのに心は遠い。

俺が築き上げた心の壁を、彼女が越えることはない。

凛。

……着物姿の君を見た時、名前の通りの子だと思ったんだ。

あの時の印象を大事にしていれば、俺はどす黒い衝動で彼女の初めてを奪わずに済んだのだろうか。

そんなことを考えるものの、俺はいまだ過去の苦い経験に囚《とら》われていて一歩踏み出せない。心の奥底に、女に対する警戒心が宿っている。もう何年も経つのに、あの女《ひと》とのことは消化できているはずなのに——

俺にはわからない。

恋愛感情も、彼女を本当に欲しているのかも、俺がほしがっていい相手なのかも。

凛。

幾度となく心の中で名前を呼んで、もうしばらくは曖昧《あいまい》な関係のままでいたいと、やっぱりずるいことを願った。

＊　＊　＊

氷野さんが無事、海外出張の成果を収めて帰国して二週間後。

私は氷野さんのマンションで、彼に着物の着付けをしていた。

自分では着られても他人の着付けをするのは難しい。それが男性ならなおさらだ。

私は氷野さんの着物の帯を締《し》め、形を整えた。

兄に聞いたり、動画を見たりして付《つ》け焼刃《やきば》で覚えた割には、なんとか形になったと思う。

「きついところや苦しいところはないですか？」

「大丈夫だ」

クローゼットの内側にある姿見を見て、氷野さんはどことなく満足げに見える。

……やっぱり時々、子どもっぽいなあ。

普段あまり表情の変化がないこともあり、わずかにでも笑みを浮かべると一気に空気が和《やわ》らぐ。

多分、初めての着物が嬉しいんだろうな。

——なぜ私が今、氷野さんに着物の着付けをしているのか。そもそものはじまりは、契約を無事済ませ、予定通り海外出張から会社へ戻ってきた日のことだった。その日、秘書課では、秋に行《おこな》われる花火大会の話で盛り上がっていた。夏の花火とは違って、さすがに浴衣で出かけるわけにはいかない。かと言って着物はハードルが高すぎるよねーとか、人混みを避ける穴場情報とかの話題が飛び交っていた。

それを氷野さんも耳にしたのだろう。

その日の夜、彼の部屋で食事をしている時に、おもむろに切り出されたのだ。

自分で着物が着付けられるなら、俺にもできるかと。そして花火大会はいつ、どこであるのかと。

最初は、なにが言いたいのかわからなかったけど、質問に答えているうちに『君の着物姿を見たい』と言われてしまった。それでつい言ったのだ。『氷野さんも着物を着るならいいですよ』と。

あまり深い意味はなかった。

彼が花火大会に強い興味があるようには思えなかったし、そう言えば話がお流れになるだろうと思っていた。

しかし氷野さんは、しばらく考えこんだ後、私の予想に反して『じゃあ俺も着よう』と言い出したのである。私は慌てて、花火大会は人が多くて大変だとか、立ち続けて花火を見るのは疲れるだとか、今から着物を誂《あつら》えるなんて時間がないとか、いろいろ言ってみた。

でも、それでもいいとか、着物は既製品でも構わないとか答えられたのだ。

そして今に至る……

寝室から氷野さんを追い出した私は、今度は自分の着付けを始めた。ここにしか全身が映る鏡がないのだから仕方がない。

今回は花火大会ということもあって、木綿《もめん》の着物にした。手入れが楽で普段着として気楽に着られる。帯は迷ったけれど半幅帯《はんはば》ではなく、あえて名古屋帯にした。なんとなくこのほうが氷野さんと並んだ時に落ち着く気がしたからだ。

氷野さんの着物は兄にお願いして選んでもらった。もちろん『うちのCEOに急遽《きゅうきょ》着物が必要になったから届けてほしい』と言って。サイズと年齢を伝えて、できるだけ急いで仕立ててほしいと頼んだら『写真ぐらいないのか』と言われた。渋々数年前のものだと前置きしたうえで、彼が就任する前に手に入れたものを見せた。

兄が送ってきたのは、会社トップにふさわしい素材のもので、色合いも濃紺《のうこん》で氷野さんにぴったりだった。

帯揚げを整えて帯の中に押し込むと、私は全身をチェックした。前より少し伸びた髪は、今夜はピンで留めてまとめた。メガネはすでにコンタクトに変えている。

姿見に映る着物姿の私の表情は……冴《さ》えない。

二人で着物を着て花火大会に行く。恋人同士ならきっと楽しいイベントだ。

でも、そういう関係じゃない者にとっては？

恋人たちがたくさん集まる場所に行くのは、精神的につらい。

雨が降ればいいのにと願っていたけれど、今夜は皮肉にも快晴だ。

昼間は秋晴れと言うにふさわしい空が広がっていた。

「関崎、まだか？」

「あ、はい」

……大体、会社の誰かに見られでもしたら、私はどう言い訳するつもりなんだろう。

とはいえ、これ以上待たせたら部屋に突入されそうな気がして、私は諦めて部屋を出た。

廊下で待っていたらしい氷野さんが私をじっと見る。

私を落ち着かなくさせる眼差《まなざ》しが遠慮なく降り注《そそ》ぐ。

「似合うな。やっぱり」

「……ありがとうございます」

眩《まぶ》しそうに細められた目に浮かぶものが、私の心をひどく揺さぶった。

——前回、着物姿で出かけた時は仕事だった。でも今夜は完全なプライベートだ。そして私たちが外へ出かけるのは初めてのことだ。

わかっているのだろうか、この男は。少し腹立たしさもある。

「行くぞ」

「……はい」

だけど彼が嬉しそうだから……つきあってあげるよ……

私たちは会場の河川敷近くまでタクシーで乗り付けた。そのまま会場に向かうのかと思ったのに、そこから人の流れと違うところへと進んでいく。

私が、穴場な場所なんて知りませんよと宣言していたせいか、氷野さんはどうやら自分で調べたらしい。

住宅街に向かって歩いていくと緩い坂道があった。氷野さんは初めて着物を着た割には、足さばきが軽やかだ。私なんか、坂道を上《のぼ》るだけで疲れるのに。

私はぴんと伸びた氷野さんの背中を追いかけた。姿勢がいいから着物姿も様《さま》になっている。結局なにを着ても似合う人だ。

しばらく坂を上《のぼ》っていくと神社と公園が繋がったような場所に出た。少し階段を上《のぼ》ったところに高台があるようだ。階段の前まで辿《たど》りついた彼は、そこでようやく私を振り返って立ち止まった。

「氷野さん？」

「悪い。急ぐあまりエスコートするのを忘れていた」

……はい？

そうして私に手を差し出す。パーティーでもあるまいし、エスコートなんか必要ない。

「階段、危ないからほら。それに花火も、もうすぐ始まる」

急かされて、私は仕方なく彼の手に自分の手をのせる。

……空がもう暗くてよかった。今更、手を繋ぐぐらいで赤面するとかありえない。

氷野さんは、今度は私の歩調に合わせてゆっくりと階段を上《のぼ》っていく。

上《のぼ》りきると同時に花火が上がって、綺麗《きれい》な丸い形が夜空にぱっと広がった。

遠目に小さい花火を見るつもりだと思っていたから、想像以上の大きさに思わず目を奪われる。

――就職してからは、音を聞くことはあっても、わざわざ花火を見に行ったりはしなかった。

一緒に行くような相手もいなかったし。

「綺麗《きれい》だな」

「そうですね」

高台の柵近くまで寄っていく。近くには私たちと同じく花火目当てらしき人たちの姿があって、残念ながら数少ないベンチは埋まっていた。

次々と花火が打ち上げられていく。赤や黄色やオレンジや緑……まじりあっては消えて、ふたたび音をたてて花開いて。大きさも形も色も異なる花たちが、競い合うようにして美しい姿を見せつける。

「本当に綺麗《きれい》。それによく見えます」

「よかったよ」

手を離すタイミングを失った私たちは、繋いだまま花火を見上げていた。

周囲からも感嘆《かんたん》の声が漏れ、見れば大半がカップルだ。

腕を組んで寄り添う二人。花火が上がるたびにささやき合う人たち。

「あの二人、着物で見に来ているね……ああいうのも素敵」

音と音の合間にそんなささやきが耳に聞こえて、くすぐったい気分になる。夏の花火なら浴衣姿で溢《あふ》れているだろうけれど、秋だからこそ着物姿が目立つ。

……私たちも恋人同士に見えるんだろうな。

私はそっと花火を見るふりをして、氷野さんの横顔を盗み見た。綺麗《きれい》な横顔に、様々な色の光が行き来する。やっぱり今日はちょっと嬉しそうな表情をしている。

……こんなふうに見たかったよ。いつもと違う氷野さんを見てみたかった。

でも、知れば知るほど、近づけば近づくほど、愛しさが湧くのと同じぐらい深い闇が心の中に広がっていく。

とんっと隣の人とぶつかって、私はよろめいた。少しずつ人が増えてきている。窮屈《きゅうくつ》には感じないけれど、他人との距離が近い。

そう思っていたらぐいっと繋いだ手を引かれて、私は氷野さんの体と柵の間に立った。

私を背中から覆《おお》って、周囲の人ごみから庇《かば》うように彼は腕を柵に伸ばす。

「あ、のっ！」

「人が増えてきたから」

そうですね。確かに増えてきたけどね。でもこの体勢は……かなり恥《は》ずかしい。

「疲れたら俺に寄りかかっていい」

片手が私の腹部にまわされた。氷野さんの体に包まれて、その体温も匂いもすぐそばに感じられる。

胸がいっぱいになって、私は瞬《まばた》きを繰り返した。視界がぼやけるのは、たまにしかつけないコンタクトレンズのせいなのだと言い訳する。そして涙がこぼれないように必死に花火を見上げた。

嬉しいのに悲しくて、このままそばにいたいのに、いっそ離れてしまいたい。

相反する感情が渦巻いて、漏れそうになる嗚咽《おえつ》を誤魔化すために細く小さく息を吐き出す。

花火の音と周囲の歓声《かんせい》が上手に隠してくれますように。

……こんなのはダメだ。

着物を着て、花火を見に行って、庇《かば》われながら夜空を見上げて。

まるで恋人同士のようなことをしたら、やっぱりおかしくなるよ。

たとえば――秋が深まったら紅葉を見に行って、冬が近づいたらイルミネーションを見て、クリスマスイブには一緒に過ごして……もしこれからそんな時間を過ごすことになったら？

私は多分耐えられない。これ以上、曖昧《あいまい》な関係のまま、ずるずると続けることなんかできない！

……ずるいなあ。

――女が男に近づくのはそれ相応の見返りがあるからだ。それが金か名誉か見た目か愛かの違いで。

氷野さんは女を信用していない。だから試す。

優しく触れて、甘い言葉をささやいて、カードキーを渡して、特別だと思わせて。

もし私が自分から連絡をしたり、かいがいしく世話を焼いたりして、少しでも恋人面《づら》をすれば、氷野さんはきっと早々に私を切ったと思う。

『愛』という見返りを求めた時点で――

試すのと同時に牽制《けんせい》してもいた。セックスの時でさえ「関崎」と名字で呼ぶのも、外へ出かけようと誘わないのも、私への無言のメッセージ。

――決して君は特別じゃない、そういう意味。

……じゃあこの花火は、どういう意味なんだろうなあ。

もしこれも私を試しているのなら、白旗を揚げるしかない。

私は一際高く頭上に開いた花火を見ているふりをしながら、氷野さんに背中を預けた。彼はためらいもなく私の体を支えてくれる。

……こんなことされて、見返りを求めない女なんかいるもんか！

私は甘えついでに、私のお腹にまわされている氷野さんの右手の上に自分の左手を重ねた。自然に彼はその手をずらすと指を絡ませるようにして繋ぎ直してくれる。

初めてのセックスの夜も、痛みを紛らわせるように手を繋いでくれた。

それを思い出す。

私はあの日の手も、今夜の手も忘れない。

たとえ、そばにいられなくなったとしても——

大量の花火が連発して咲いて、次々に火花が雨のように散っていった。夜空にキラキラと煌《きら》めきを残して、音だけが遅れて響いて余韻《よいん》を残す。急激に静まり返った空になぜか拍手が湧いて、人々は少しずつ散り散りになっていった。

「最後の花火、綺麗《きれい》でしたね」

「日本の花火を見たのは久しぶりだった。たまにはいいな、こういうのも」

花火が終わって少しして離れた手は、ふたたび自然に繋がれた。着物だからエスコートしてくれているんだろうけれど、そうじゃなくても手を繋ぐんだろうか？

……どうかな？　繋ぐのを嫌がりそうなイメージだけど、意外に恋人だと甘いのかなあ。

来た道を戻るのかと思っていたのに、氷野さんは別の道へと進みだした。木々に囲まれた細い路地をゆっくりと下《くだ》っていく。時折、鼻緒が足に食い込んで鈍《にぶ》い痛みを与える。それはこれから私が抱える胸の痛みを予感させて、小さく苦笑した。

……最初で最後のデートにしては、なかなかいいよね。

着物で花火デートなんて、恋人同士っぽくっていい。そして私は今日のことを大事な思い出にするのだろう。最初はきつくて、もしかしたらしばらく花火も見に行かないかもしれないけど。

……どんな片想いだって、報《むく》われなくったって、いい思い出になる。

それを私は溝口さんに教えてもらった。

道が少し平坦になって、高台を抜けたのがわかった。少し広くなった道沿いには小綺麗な住宅が並んでいる。その中に、昔ながらの日本家屋《かおく》のような風情《ふぜい》ある建物があった。

個人宅にしては大きいなあと眺めていたら、氷野さんは迷いなく門をくぐり庭へと足を踏み入れる。

点々と続く飛び石の上を歩いていくと、大きな開き戸があって、氷野さんは中に入っていく。

「予約している氷野です」

「お待ちしておりました。花火はお楽しみになりましたか？」

……なんで？

和服姿の女将《おかみ》さんらしき人がにこやかに言って、室内用の草履《ぞうり》を出してくる。

「お二人とも素敵なお着物ですね。よくお似合いです」

「ありがとうございます」

……なんで？

氷野さんは当然のように私の腰を支えて、私が框《かまち》を上がる手助けをした。

聞きたいことも言いたいことも溢《あふ》れてくるのに、言葉にならない。

だって、予約って聞こえた。そんなことする時間があった？

そもそも、ここはどこ⁉

疑問に思いつつ、みしみしと木のしなる音を聞きながら廊下を歩いていく。ところどころに小さな明かりが灯り、そこには季節の花が生けられていた。歴史の重みを感じる設《しつら》えに、どこか温かな素朴さがある。

女将《おかみ》さんらしき人が語る部屋の説明も、私の耳を素通りしていく。

照明が抑えられた和室は、低い座卓と座布団が敷かれていた。床の間の間接照明が、掛け軸や花器を優しく照らす。ほんの少し開いた隙間の向こうの部屋には布団が並べられている。

壁にはきちんと着物用の衣文《えもん》かけが準備されていた。

そうこうしている間に引き戸の閉まる音がして、室内はしんと静まり返った。座卓には湯呑みが置かれて湯気《ゆげ》が立ち上《のぼ》っている。

「ここ……どこですか？」

「旅館だ。花火の後に来ようと思って予約していた。花火を見たあの場所も、ここの女将《おかみ》に教えてもらった」

氷野さんが座布団に腰を下ろす。着物姿のせいか妙に似合っている。

「古びているけど清潔感があるだろう？　日本人の足は遠のいているけど、海外の観光客には人気の旅館だ。俺も向こうでの知り合いが来日する時には、ここをすすめている」

着物を着て花火を見て、帰りにはわざわざ旅館？　それも自分の知り合いに紹介するほど懇意《こんい》にしている宿だ。

……恋人でもない女にここまでして……この人、なにがしたいんだろう。

嬉しいのに呆《あき》れて、ちょっと泣きたくなる。

私は脱力して畳の上に座り込んだ。着物の裾が乱れるけれど気にかける余裕もない。

「どうした？　立ちっぱなしで花火を見て疲れたか？」

私は悔《くや》しくなって、氷野さんにぎゅっと抱きついた。彼は勢いづいて倒れそうになったけれど、きちんと手をついて私を支える。そのまま押し倒されてくれればよかったのに。

「これは、やりすぎですよ」

声が震えた。

「こんなことまでしちゃダメです。これで期待するなとか、特別じゃないとか、意味なんかないとか言われたってもう無理です」

氷野さんの肩に顎《あご》を置いて、抱きつく手に力を込める。氷野さんは私を引き離すでもなく、かといって抱きしめもせずにされるがままだった。

私は、心の中でいろんな感情が渦巻いていた。台風みたいにぐるぐる渦を巻いて勢力を増して、そして爆発したがっている。

……気持ちが溢《あふ》れてどうしようもないって、こういうことなんだ。

「氷野さんが好きです」

この想いを、言葉にすることなんかないと思っていたのに。

「ごめんなさい。好きです」

涙が頬を伝っていく。

着物を濡らしたくないのに、お手入れだって大変なのに、止めることはできなかった。

「だから、これでおしまいにします。見返りを求めずにいるのは無理なので……」

震えずに言えたのはそこまでで、これ以上喋ることはできなかった。私は氷野さんから離れ、立ち上がる。氷野さんの腕は私の体からするりと落ちて、私の行動を阻《はば》んだりはしなかった。

手の甲でぐいっと涙を拭《ぬぐ》い、バッグの中から氷野さんの部屋のカードキーを出した。座卓の上に置いて部屋を出ようとした、その時……

「行くな」

短く鋭く命じた後、このずるい男は——

「凛」

と、初めて私の名前を呼んだ。

ぎゅっと心臓が掴《つか》まれる。

「ずるいっ！」

足が進まなくなって、私は振り返って小さく叫んだ。ものすごく腹立たしくてたまらなかった。

言葉だけでいつも私を動けなくさせる。命じれば、私がなんでも言うことを聞くと思っている。

ずるくて冷たくて横暴な王様。

まさしく『アイスキング』だ！

「ずるいよ、俺は」

氷野さんは座った姿勢で私を見上げて、冷たく睨《にら》む。いつかも見上げられているのに見下されている気がした。あの時と同じ。

なんでこの男は開き直っているんだろう。本当になにがしたいのか、よくわからない。

元々理解できない人だったけれど、今はますますそう思う。

……なんで私っ、こんな男が好きなのよ！

「凛、座れ」

私は口をパクパクさせる。なにか言ってやりたかったのに、なにも出てこなかった。代わりに涙だけがぽろぽろ落ちてくる。

ずっと氷野さんに呼ばれたかった、私の下の名前。

彼の声でその響きを聞けているのに、感動どころか腹立たしいだけだ。

「凛」

それにどことなく甘く聞こえるのは、私の幻聴？　妄想？

「俺が好きなんだろう？　だったら拒否するな」

私はせめてもの抵抗で、氷野さんから離れて扉近くに座り込んだ。

「来いよ。慰《なぐさ》めてやる」

私は涙を散らしながら首を横に振った。

私を泣かせている張本人なのに、その自覚もないのだろうか。

「凜。抱きしめて甘やかしてやる。おいで」

氷野さんは口調を変えて優しくささやいた。悪魔みたいなささやきに、心がぐらりと揺れそうになる。そのうえ両腕を広げられたら、甘美な誘惑に抗《あらが》えない。でも――

「氷野さんが来て。来ないなら帰ります」

私だって負けられない。私に選択させて、引き留めようとするなんてそんなずるいやり方は許せない。もし『だったら帰っていい』と言われたら、私はひどく泣くだろう。でもここから去ることはできる。そしてこの関係を終わらせることができる。

氷野さんは、はあっと深くため息をついた。そして自分の髪をくしゃくしゃと手で乱す。そんなに葛藤《かっとう》するなら私を呼び留めなきゃよかったのに。

わけがわからない男だ。なのにどうしようもなく愛しさが湧いてくる。

わけがわからないのは私も同じだ。

氷野さんは膝をつくと、私のほうににじり寄ってきた。まるで懐かない猫におそるおそる近づくような感じで。そして、さっきとは正反対の力強さで私をぎゅっと抱きしめてくる。

腕の中に抱きしめられると、やっぱりこれがほしいと思った。自分だけのものにして、それを確かめて、ためらうことなく甘えてみたい。

「凛……」

耳元で名前を呼ばれた。どう冷静に聞いても甘く響く。もう抜け出せない。

――この男を一度でも味わったら、離れられなくなる。

「嫌……」

「わかっている」

「わかってない」

抱く手に力が込められて、涙を止めるかのように私の瞼《まぶた》に彼が唇を押し当てる。

「抱きしめないで、キスしないで、名前なんて呼ばないで！」

……私のこと好きでもなんでもないくせに!!

きっと、そういうことだ。私を引き留めて、名前まで呼んで、こうして抱きしめてくれるのに。

私が伝えた気持ちに対しては一切返事をしてくれない。

ずるいなら、嘘でも『好き』って言ってくれればいいのに。

そうしたら彼の言葉を信じたふりして、今まで通りの関係を続けられる。

でも、それは私にとって、ものすごくきつい関係だ。きっと今よりもっと私は苦しむことになる。

「抱きしめたいし、キスをしたい」

「ずるいっ！」

「名前も呼びたい」

「嫌っ！」

「俺の名前も呼べよ、凛」

溢《あふ》れてくる私の涙を、氷野さんは容赦《ようしゃ》なく自分の唇で拭《ぬぐ》う。

この人は……私を求めてくるくせに、それ以上踏み込ませないし踏み込んでこない。

……なんで？

「凛。俺を拒否するな」

低く掠れた声でなされた懇願《こんがん》に、眩暈《めまい》さえ覚える。

「凛、俺の名前を呼んで」

……なんで？　この人は——なんで泣きそうな表情をするの？

「……う」

「凛」

「……お、う」

「ああ」

名前を呼ばれたかったし、呼びたかった……本当はもっと幸せな気持ちで。

現実は泣きながらひどく胸の痛む状況で、私は初めて氷野さんの名前を呼んだ。

「須王」と——

＊　＊　＊

凛がキスを拒む。

いや、拒んでいるわけじゃないけれど素直に応《おう》じようとしない。舌を伸ばせば逃げようとして、たまに首を左右に振って抵抗する。キスをするとしょっぱい味がするのは、彼女がずっと泣いているせいだ。

着物を脱がすのは正直言えば大変だった。帯締《おびじ》めを解《ほど》くまでは簡単だったのに、時代劇の悪代官のようにはうまくできなかった。すぐに諦めた俺は彼女の着物の胸元と裾を強引に開いた。

逆にそれは呆気《あっけ》ないほどで、大事な部分がすぐに露《あら》わになり、いやらしさを感じた。

できれば一度イかせたかったけれど、そんな余裕はなかった。とにかく無理やりにでも彼女と繋がりたくて、なかば強引に凛の中に入る。やはり彼女から痛そうな声が漏れたので、俺は動くのを堪《こら》えた。胸をまさぐり、キスをして彼女が濡れてくるのを待つ。

そうしてから、彼女の体に巻き付いている紐という紐を手当たり次第に解《ほど》いていった。

「嫌……本当は、嫌なの」

泣きながら凛が言い続ける。

わかっている、彼女がなにを言いたいのかは。

凛が、恋人でもない男とのセックスを受け入れられるタイプじゃないことは、さすがにわかっている。

最初こそ流されたのかもしれないが、以降は彼女には意思があった。

俺に対する好意が――

『氷野さんが好きです』

そう言われた時、言わせたかったのか言わせたくなかったのか自分でもわからなかった。

花火大会に誘ったのも、旅館を予約したのも、気まぐれと言えば気まぐれで計画的と言えば計画的。

俺が見たかったのは凛の着物姿だ。もう一度彼女の着物姿を間近で見てみたいと思っていた。

だから花火大会の話が出た時に、ちょうどいいと思った。

着物姿も見られるし、それを理由に一緒に出かけることもできる。

――今まで付き合ってきた女たちは、関係が続いていくと自《みず》ら要望を口にした。どこへ行きたいとか、なにを食べたいとか。

そのうち女たちのしつこさに辟易《へきえき》して俺から関係を断つこともあれば、勝手に去っていく女もいた。女との関係なんて、ただそれの繰り返し。

けれど凛はそういった要望は一切言わない。

だから一度出かけてみれば、以降言いやすくなるんじゃないかとも思った。

そして彼女が言い出すようになれば、後はこれまでと同じに進んでいくはずだ。

気が向けば付き合って、向かなければやめる。どちらかが飽きるまで続ける、それだけの関係。

だが、凛は外出を喜ぶどころか明らかに戸惑っていた。最初は、花火の人混みが苦手だからかと思ったが、今日、彼女が着物を着て部屋から出てきた時に、出かけること自体に乗り気でないと気づいた。ほんの一瞬だけ泣きそうな表情をしていたから。

……『好きだ』と言えば安心するのか？

……『付き合おう』と言えば、もう少し甘えてくるのか？

——たとえそれが口先だけの言葉でも？

言葉なんて不確かなものだ。俺はそのことをよく知っている。

本音を隠し、嘘をつき、人を騙《だま》すことだってできる。

曖昧《あいまい》なままでいれば……女の醜《みにく》い本性なんか見ずに済むのだ。

はっきりした言葉がなくても、曖昧《あいまい》な関係でも、男と女は成立する。

優しくするのも、甘い言葉を吐くのも、難しいことじゃない。

関係なんて時間とともにゆっくり深まっていけばいい。そのうち良くも悪くも変化していく。先がどうなるかなんて誰にもわかりはしない。

そう思っていたのに——

『こんなことまでしちゃダメです。これで期待するなとか、特別じゃないとか、意味なんかないとか言われたってもう無理です』

『ごめんなさい。好きです』

『だからこれでおしまいにします。見返りを求めずにいるのは無理なので……』

……初めて二人で花火大会に出かけて、旅館に泊まるぐらいで大げさだ。

こんなのは特別でもなんでもない。意味なんかない。期待させているつもりもない。

おしまいにしたいならすればいい。勝手に傷ついて、泣いて、耐えて、もう無理だと自分で判断したのなら、そのほうが彼女にとっていい。

……俺は、君が望む言葉は決して吐かない！

急に飛び込んできた体を支えただけで、抱きしめもしなかった。するりと抜けていった時も、引き留めなかった。

なのに、彼女が部屋を出ていこうとした時に口をついて出た言葉は――

『行くな、凛』

見返りを求める女は嫌いだった。

彼女は俺に「愛」という見返りを求めたのだから、その時点で切ればいい。わかっているのに
『手放したくない』と思うのは――

……俺が彼女に惹かれているからか……？

――『好きだ、ほしい』、そう告げた途端、身を翻《ひるがえ》した女を思い出す。

自覚したばかりの気持ちを告げて、凛も豹変《ひょうへん》したら――

そう思うと、今はまだ彼女の望む言葉を口にはできない。

……身勝手なのはわかっている！　それでも凛、俺から離れていくな！

口にはできない言葉の代わりに気持ちを込めて、俺は彼女にキスをした。

そうして彼女の髪に指を埋めると、ピンが外れていく。綺麗《きれい》にまとめていた髪を乱して、強引に唇を割って舌を入れた。凛が俺に応《こた》えるまで執拗《しつよう》にキスをする。

――座敷で一度彼女の中に放った後、俺は全裸にした彼女を布団にひきずり込んでふたたび抱

きしめていた。

女の口は秘めた場所に似ている。触れれば触れるほど蜜を滴《したた》らせるそこと同じように、口内には唾液《だえき》が溢《あふ》れ、舌が熱くうねり、いやらしい音をたて始める。感触までも似始めると、いつかはここも征服してみたいと卑猥《ひわい》な願望が生まれる。

彼女と舌を絡めたまま、少し乱暴に唇を離すと、赤い舌と唾液《だえき》とが飛び出した。

彼女の背中を支え胸を突き出させ、尖りをくわえる。激しく舌で舐《な》めて転がすと、そこは熟した果実の色になり俺の唾液《だえき》で艶《つや》を増した。

彼女の体を少しでも離せば逃げられる気がして、俺はずっと強く抱きしめたまま肌をまさぐった。白い肌をもっと染めたくて、唇で触れた場所にはところ構わず痕《あと》を残した。

「あっ……はぁ、んっ、ん」

必死に耐えていたらしい声が、甘く漏れ出す。普段ならあまり感じない場所でも、体が小さく跳ね始める。

——俺が与えてきた快楽を、凛の体は覚えていった。

だから今も、気持ちのうえでは拒んでいても、体が反応を示す。

腰を強く抱いて、足の間に手を滑り込ませると、俺が指を入れるまでもなく、とろりと蜜が肌を伝っていた。

「あっ……ぁ、はんっ……やぁッ!!」

一気に指を二本差し込み、同時に片足を俺の肩に上げる。

布団を敷いていた部屋は、枕もとの小さな提灯《ちょうちん》だけの灯りだったが、隣の和室は煌々《こうこう》と明るいままだ。その光に照らされて、凛の秘所は露《あら》わになる。

俺の指の間からも蜜はこぼれ落ち、時折中がきゅっと締《し》まる。彼女の気持ちのいい場所を小刻みに動かして強引に快楽を引き出し、充血して膨らんだ場所に強く吸いついた。

俺の肩に上げていた凛の足が突っ張り、頭上で彼女の嬌声《きょうせい》が響く。

この部屋は離れだ。どれだけ声を出しても周囲に聞かれる心配はない。

指を食いちぎる勢いで膣が収縮し、どっと奥から蜜が溢《あふ》れてくる。俺はそれをかき出すようにして指を動かし、達して敏感になっているとわかっていて弱い場所を嬲《なぶ》り続けた。

強く吸い続けていると、彼女の口から言葉にならない声が漏れる。もうここまでくれば凛も抑えられないようで、あられもない声音が断続的に耳に届いた。

「やぁっ……はっ、ああ……あんっ、あん……んんっ」

「凛」

「だぁ……め、やっ、ひ、のさ……まだ‼」

凛の体は達し続けてがくがくと震える。いつもなら落ち着くまで待つけれど、今の俺にそんな余裕はなかった。

「須王、だろ」

避妊具をつけるのが精一杯で、俺はためらうことなく一気に奥へ挿入する。

「凛っ！」

「やあああっ」

その刺激で凛はふたたび達する。容赦《ようしゃ》なく俺を締《し》め付け、なおかつ熱くうねって、搾《しぼ》り取ろうと貪欲に蠢《うごめ》く。

女の本能が男を強く欲する瞬間。

俺もまた男の本能に従って、迷わず彼女の中に放出した。

＊　＊　＊

昨夜は行為の間中《あいだじゅう》、彼の手は私のどこかをずっと掴《つか》んでいた。

それは肩だったり、腕だったり、腰だったり、足首だったりしたけれど、とにかく一瞬も離れることなく私の肌の上にあった。

和室に敷かれていた布団はぐしゃぐしゃに乱れ、シーツにも冷たく湿った場所があった。

もともと容赦《ようしゃ》のないセックスをする人だと思っていたけれど、ここまで激しかったことはない。

喘《あえ》ぎすぎて喉が痛くて咳《せ》き込《こ》むと、口移しで水を飲まされる。喘《あえ》ぎ声はとっくにかすれているのに、それでも出てしまう。

「す、おう、もう、むり」

氷野さん、と呼ぶたびに窘《たしな》められ、無理やりイかされ、彼の名前を何度となく口にしていた。

和室の横には縁側があるようで、障子《しょうじ》からは淡い光が漏れている。とっくに朝だと思うのに、須王は私の中に入ったままだ。

『もうゴムがない』

そう言ったのはいつだったか。以降ずっと私の中にいる。でも、これって避妊具の意味があるんだろうか？

幸い時期的に妊娠の心配はないと思うけれど、この男はそこまで把握《はあく》しているのか？

最初こそむかついて、それでも須王は強引に私を抱いて、私も口では拒んでも体は抵抗しなかった。

私たちは今、座位の姿勢で抱き合っている。私は須王にしがみついて、彼は私の腰を支えて、彼の動きに従ってゆらゆら揺れている状態だ。

時々胸の先が彼の胸板に当たって、ぴくんと震える。目が合うと小さくキスをする。

「お腹すいた」

「ああ」

「シャワー浴びたい」

「ああ」

「ゆっくり寝たい」

「そうだな」

「須王、好き」

私の中に入っている彼が途端に大きさを増して、私は声を漏らした。それがきっかけで彼はそのまま激しく腰を動かす。私も足をついて自《みず》ら腰を振って彼に合わせた。「くっ」っと小さな声を出して須王が達する。

ゆるりと出ていく瞬間、ほんのちょっとだけ寂しくなった。

……私、だいぶこの人に躾《しつ》けられたなあ。

それから彼は私を布団に横たわらせて、避妊具を片づける。すぐに戻ってきて私に手を伸ばして、ふわりと抱き寄せた。

「凛……少しだけ時間をくれ」

「…………」

それは、告白に対する答えを出すまで、という意味だろうか。朦朧《もうろう》とした頭はうまく働かない。時間をあげたら私のほしい答えをくれるということ？　それとも……

「泣くな」

もう自分が泣いているかいないかもわからないぐらい、私は多分ずっと泣いている。目尻から伝う涙が熱いから、これは今出たものみたい。

あれだけいろんな水分を出しまくったのに、まだ出てくるんだなあ。

「俺は君を手放せない」

ねえ……それって、ものすごい告白に聞こえるんですけど。

好きだから手放せない？

都合がいいから手放せない？

どっちとも取れそうな曖昧《あいまい》さだ。

どちらの意味だったとしても、私の想いはもう、はっきりしている。

好きだから手放せないならいいけれど、都合がいいからと言うのなら……いっそ嫌われてしまったほうがいい。

だから私も曖昧《あいまい》に答えながらも、はっきりと意思表示をする。

「須王が手放したくなるぐらい、見返りを求める女になってあげるよ」

すると彼が私を抱きしめる腕にぎゅっと力が入る。私もぎゅっと力を込める。

……見返りを求めても、手放さないで。

そう言ったらあなたは、なんて答える？

ふわりとシーツがかけられて、私はほんの少しだけそのまま眠りについた。

＊　＊　＊

女が男に求める『見返り』ってなに？　名誉？　お金？　それとも愛？

花火大会の日から数週間、私はそれを考え続けている。

「ああ、それでいい。そのまま進めろ」

終業間際に呼び出されてプレジデントルームに行くと、氷野さんは電話中だった。私が出直そうとすると、彼は顎《あご》でそのまま入れと命じたので室内で待機していた。

――あの花火大会の夜以降も、私たちの関係は曖昧《あいまい》なままだ。仕事でもプライベートでも秘書、それは変わらない。ただ、時々氷野さんは私を誘って出かけるようになった。

と言っても、そんな暇はほとんどないので、スーパーでの買い物が一回。

ドライブに出かけたのが一回。けれどそれは途中で仕事のトラブルがあって、すぐに引き返した。

そんなものだ。

私も彼の仕事を調整している身なので、私から会いたいなんて言わないし、そう思う間もない頻度で彼の部屋を訪れているため、自分から連絡する必要もない。

まあ、なんというか、これまでと変わらない。多分。

唯一の変化は、プライベートの時だけ名前を呼ぶようになったことぐらい。

電話を一旦終えると、氷野さんは「もう少し待て」と言ってふたたび別のところに電話をはじめた。

氷野さんは英語でやりとりしつつ、厳《いか》めしい表情をする。椅子の背もたれに背中を預けて思案する横顔は冴《さ》えない。

……電話が長くなりそうだし、やっぱり出直したほうがいいかも。

そう思った時、氷野さんが私を手招きした。なにか探してほしい書類でもあるのかと机に近づくと、氷野さんはこっちにまわってこいと、くるりと指を動かす。

……引き出しの中でも見てほしいのかな？

氷野さんは私が入るスペースをあけるため、椅子ごとうしろにさがる。そこに体を滑り込ませた途端、私はぐいっと腰を引かれて氷野さんの膝の上へと座る形になった。悲鳴を、かろうじて堪《こら》える。椅子がガタンと揺れた音が、電話の相手に聞こえていないといいのだけれど。

腕の中の感触には慣れても、こんなシチュエーションには慣れないよっ！

睨《にら》んでやりたかったのに、氷野さんは私を抱く手に力を入れて私の頭にキスを落とした。そうしながら相槌《あいづち》を返し、ふたたび英語を喋りだした。

氷野さんは英語を喋る時、少し低めの声になる。流暢《りゅうちょう》すぎて、私の耳では時々内容を聞き取れない。

……息がかかる。くすぐったい。

隣室に大川さんがいないのが、せめてもの救いだ。こんな場面を見られでもしたら……と想像してぶるりと寒気が走る。あの子のことだ……ものすごく嬉しそうな顔をして、そっと出ていってくれるだろうけど。秘書課のメンバーにも勘繰られそうなほど、わかりやすい顔をし続けるに違いない。

氷野さんが、戯《たわむ》れのように触れるのは甘えたい時。

いきなりキスを仕掛けてくるのは興奮を鎮めたい時。

「バイ」

と軽く言って電話を切る。

私は口を軽く開いて見上げた。氷野さんは顔を傾けて目を伏せる。

私たちの唇は自然に触れて、そしてキスが深まっていった。

——この人は公私混同しない人かと思っていた。でも今はものすごく公私混同するタイプだと確信を持って言える。

就業時間内はさすがに接触してこないものの、ひとたび残業時間になれば気にしないようだ。

電話をしている間に終業時間がきて、私は彼の膝に抱かれてキスをされ胸をまさぐられている。

こんなシチュエーションは、リアルにはあり得ないと思っていた。

……非常識で破廉恥《はれんち》だよ。

CEOと秘書がプレジデントルームで、とかAVの世界みたいだよ。

甘えたいだけかなと思って許した軽いキスがどんどん深まって、私の口紅を落としかねない勢いで唇を舐《な》める。彼の舌を押し出そうとしたのに、なぜか逆に氷野さんの口内に引き入れられてしまう。私の顎《あご》はしっとりと濡れ始めた。

……まずいっ、なんでスイッチが入った？

胸元だけ綺麗《きれい》にシャツのボタンが外されて、ずらしたブラの隙間から胸の先が見え隠れしている。

せめてこれ以上、先に進ませないためにも両膝に力を込めた。けれど氷野さんの膝の上に座っているのだから彼の膝が私の足を開かせるのは簡単だった。

「んっ……だ、めっ」

「そうか？」

そんなことないだろう？　とでも言いたげに、胸の先をきゅっと指でつまむ。

「……んっ」

なんとか耐えたけれど、陥落《かんらく》するのは時間の問題だ。彼の片手はくにくにと胸の先をくすぐるし、もう片方は私のスカートを太腿《ふともも》の上までまくり上げてくる。

私が動くたびに、椅子がキィッ、キィッと鳴って、音を立てないためにはそれ以上動けない。

「大丈夫だ。ここにゴムはない」

……だからなに⁉

だったら下着の中に手を突っ込むのもやめて！　足を開かせようとするのもやめて！　耳朶《じだ》を食《は》んだりしないで！

「ダメっ、やっ……これ以上……‼」

氷野さんの長い指は、窮屈《きゅうくつ》な体勢でも器用に動いて、私の敏感な芽をすぐに探し当てた。そうして蜜をまぶす。それはすでに私が濡れている証拠だ。

「アッ……ふぅ」

……声はダメ！　大川さんが戻ってこないことはわかっている。でも、私がここに呼び出されたのを知っているメンバーが秘書課にいる。私なり氷野さんなりに用事ができて、ここを訪れる可能性は皆無《かいむ》じゃない。

声を出さないために私は氷野さんにキスをせがんだ。彼は拒むことなく応《おう》じてくれる。でも深く激しいキスは、私の体をさらに敏感にしただけだった。

彼の指はスムーズに動いて、その範囲が大きくなる。

私のその部分は、きっと大きく膨らんで、いやらしい色と形になっている。

以前、その状態を無理やり鏡で見せられて追い詰められたことがある。それ以来、あの光景を思い出してしまって、私はますますイきやすくなった。

彼は私のそれを目で見るのも舌で味わうのも好きで、卑猥《ひわい》な言葉で表現する。

「どれぐらいいやらしくなったか確かめてやるよ」

そう言って舐《な》めようとする。ここでそんなことされたら、私はきっと自《みずか》ら彼を求めるだろう。

……ダメっ、ここでは、ダメっ。

なのに――

「凛のイく顔が見たくなった」

会社で名前を呼ばれることは、ほとんどない。だから私はたったその一言で全身を突っ張らせて、椅子の音を響かせながら彼の膝の上で達した。

「上手になったな」

私が落ち着くのを待って、氷野さんは唇を離した。そうして、涙の滲《にじ》んだ目元を拭《ぬぐ》ってくれる。

氷野さんはものすごく嬉しそうに、そして意地悪そうに私を見る。

「もっとイきたいだろう？　舐《な》めてやろうか？」

私は首を横に振る。

「俺はうまいよ。君がこぼしたものをすくって綺麗《きれい》にする。少しひりひりしているなら優しく舐《な》めてやる」

　ぶんぶんぶんっと勢いよく首を振る。

「何度かイけばきっと、この部屋でも君は俺をほしがるようになる。そうなれば俺は、喜んで自分を差し出すけど。俺がほしくないか？　凛」

　そう耳元でささやいてきた。

　私は涙目できゅっと唇を噛んだ。ゴムがないって最初に宣言したのは自分なのに！

　体の奥がぶるぶる震えて、触られてもいないのにじゅっと濡れる。

「ほしい、けどここじゃ、嫌」

「強情だな。でもまあ、君の理性を壊す楽しみも、とっておかなきゃな」

　……最低だ！

　けれどその最低な男は、私の体が落ち着くまで、いやらしくない手つきで私を抱きしめてくれていた。

＊　＊　＊

　数日後の土曜日の今日。私はものすごく嬉しい気分で食材の買い物に出かけた。

　氷野さんは今日まで数日間、地方の出張に出かけていた。今回初めて大川さんが彼の秘書として同行することになり、専属秘書として認められたんだと秘書課のメンバーも喜んでいたものだ。

私も先輩として彼女の成長が嬉しかった。まあ、彼と一緒に行けていいなとか、ほんの少しだけ複雑な気分は味わったけれど、他の人も一緒だから、すぐに気持ちは切り替えられた。

それで今日は、久しぶりに二人で週末を過ごすことになったのだ。

予定通り夕方前には戻れそうと連絡をもらったので、私は食事の準備をして待とうと、彼のマンションへ向かっている。

街路樹の木々はすっかり色を失い、大半の葉が舞って地面に落ちていた。

——昨日、溝口さんの手術が無事成功したと、息子の翔太くんからメールがあった。

これからはゆっくり静養できる病院に転院するそうだ。

もう気楽にお見舞いに行ける距離ではなくなる。

正直、不思議な気分だ。

あんなにそばにいたかったのに、そして実際就職してからずっとそばにいたのに。

離れてしまっても、胸の痛みは薄らいでいる。

私は今でも溝口さんを尊敬しているけれど、憧れと恋を混同していたのかなと今は思う。

それとも、恋する相手によって、恋の形も変わるんだろうか。

氷野さんと私の関係はどう変わっていくのだろう。

花火大会のあの夜、私たちの関係は一度変わったはずだった。

私は『好き』と気持ちを伝えて、彼は『時間をくれ』と言った。

——彼が必要とする時間がどれぐらいかはわからない。

プライベートで会える時間は少ないけれど、会っている間、彼は多分私を大事にしてくれている。

……まあ、私の思い込みもあるかもしれないけど。

でもとりあえず今は、久しぶりに彼と週末を過ごせる嬉しさが勝《まさ》っていた。

エレベーターを降りて氷野さんの部屋の前に着くと、私はエコバッグを持ち直してカードキーをかざした。いつもと違う音がして違和感があったけれどノブをまわす。でも、ドアは開かない。

……あれ？　今の、うまく反応しなかった音？

再度かざすと、聞き慣れた音がして今度はドアが開いた。

電子錠だから電池とかあるのかな？　仕組みがわからないから、なんとも言えない。

けれど玄関先に女性物の靴があって、私はドアが最初から開いていたのだと気づいた。

「誰？」

女性の高い声が聞こえる。

……へ？　誰って聞きたいのは、私のほうなんだけど！

心臓が急激にどくどく鳴る。

私が初めて氷野さんのマンションに訪れた時から、彼の部屋に女性の気配はなかった。以前、それとなく聞いたところ、マンションには呼ばないようにしたと言っていた。

だから、幸いというかなんというか、これまで氷野さんと関係があったかもしれない女性たちとの遭遇の経験はなかった。

初めての状況に私は息をひそめて、こくりと唾《つば》を呑んだ。

した。


「須王くん？」

なんだか逃げ出したくなる。でも今日、私を呼び出したのは氷野さん自身。他の女性と会うつもりだったなら部屋に呼んだりしないはずだ。

氷野さんの名前を親し気に呼ぶ声に、頑張って足を留めていると、想像とは違う女性が姿を現した。

私はなんとなく氷野さんの遊び相手は、派手な女性だと勝手にイメージしていた。

けれど目の前の人は、穏やかで落ち着いていて、おしとやかそうな女性だった。

軽やかに波打つ髪は明るい茶色で、腰まで伸びて彼女の華奢《きゃしゃ》な肢体にまとわりついている。

綺麗《きれい》というより、かわいらしい人だ。氷野さんより年上のようにも年下のようにも見える。

「あ、の……？」

「どちらさま？」

その女性に、まるで部屋の主《あるじ》のような顔でそう問われて、私はさあっと青褪《あおざ》めた。

氷野さんに特定の恋人はいないはずだ。

それに、休みが確保できた週末は大抵私が呼ばれている。だから私は、氷野さんの相手をしているのは自分だけだと思っていた。そう、思い込んでいた。

でも、マンションでの世話は私にさせて、外では新しくできた相手とデートをしていた？

……いや、ないよ。だってそんな余裕なんて一切ないのは私が一番知っている。

花火大会以前であれば、私は氷野さんを疑っただろう。でも今はそういう心配はしていない。

私が不要になったのなら、彼は迷わず切ることができる人だ。

……じゃあ、誰？　氷野さんに姉妹なんかいた？　親戚？

いろいろ考えたってわかるわけがない。だから開き直って挨拶《あいさつ》することにした。

「氷野さんの秘書をさせていただいています、関崎と申します」

悔《くや》しいけれど、私に言えるのはこの言葉だけだ。

それだけが唯一はっきりと私と氷野さんの関係を示すものだから。

「ああ、会社の秘書さん。あ、だからお部屋のカードキーを持っているの？」

口調はとてもかわいらしいのに、私を見る目には疑念が宿る。

……え？　まさか本気で本命とか言わないよね？　いや、わかんない。こういう時、どうしたらいいの⁉

「はい。氷野さんは出張中で、留守中のお部屋の管理を申しつかっていました。今日は食材の補充に参りました」

すらすらすらと、思った以上にうまい言葉が流れてきた。でも声の震えまでは抑えきれない。

目の前の女性は素直に信じたようにも、疑っているようにも見える。

ただわかるのは、この状況に混乱しているのは私だけで、彼女は堂々としているということ。

それは、氷野さんの出張中にこの部屋にいても、うしろめたさなどなにもない関係だということだ。

「須王くんったら、秘書さんにこんなことまでさせて。私に言ってくれればいいのに」

にっこりと笑って女性は、私が手にしていたエコバッグに手を伸ばした。彼女がなにをしようとしているのか気づいて、私はそれを素直に手渡す。

「いろいろお世話してもらってごめんなさいね。須王くんは今夜帰るのかしら？　だったら、後は私がしておくわ」

「……はい。よろしくお願いいたします」

泣きそうな気分で、でも絶対に泣くまいと、私は頭を下げた。

「これも返してもらうわね」

そう言うと、私が手にしていたカードキーをするりと抜き取る。

さあっと血の気が引いて、くらりとした。

……そっか、これが本命と遊び相手の違いだ。

鉢合《はちあ》わせになった時……やましい関係のほうが身を引く。私には、彼女を追い出す理由も自信もない。

なんとか足を踏ん張って「失礼します」と口にしかけた時——

「凛？　どうした？」

小型のスーツケースを引いて帰ってきた氷野さんの姿があった。

私は口をパクパクさせて、ただ泣きそうな表情で氷野さんに救いを求めた。

私の様子のおかしさに気づいて、氷野さんが慌てて駆け寄ってくる。

「そんなところでどうした？」

私を心から心配そうに見るから、思わず抱きつきたくなる。でも目の前の女性の存在が、それをためらわせた。

「凛？」

「須王くん、おかえりなさい」

耳鳴りがしそうなほど気分が悪い。でも私は逃げるわけにはいかない。

女性の声に驚いて、部屋の中に視線を向けた氷野さん。私はそんな彼の横顔をじっと見ていた。

彼がどんな表情をするか見逃さないために。

「ユリ……なんで」

驚愕《きょうがく》に満ちた表情でそう呟いた後、見たこともないほど冷たい眼差《まなざ》しを彼女に向けた。

まさしく『アイスキング』という名にふさわしい、絶対零度の空気をまき散らしている。

氷野さんはユリと呼んだ女性をものすごく冷たく睨《にら》んでいたけれど、すぐに私の腕を掴《つか》んで家の中に引き入れた。スーツケースを玄関先に放置して、目の前のユリさんも無視して、ただ私の腕だけは引いて部屋に上がる。私は慌てて靴を脱いで、氷野さんの後をついていった。

なにが起きているのかわからないけれど、私がこの場にいても氷野さんが困っていないことだけは確かだ。それは、ほんの少しだけ私に余裕をもたらした。

ユリさんは、氷野さんの冷たさになど気づいていないのか、それとも無視しているのか、とにかく平気そうに私たちの後に部屋にくる。

そして私が買ってきた食材をキッチンカウンターの上に置いた。

「これは冷蔵庫に入れるの？」

「どうやってここに入った？」

二人は温度差のある質問を互いに投げかけた。

彼女は首をかしげて、なんでもないというふうにほほ笑むと、私が買ってきた食材をひとつずつ取り出していく。

「どうやってって。管理人の方にお願いしたのよ。息子の部屋に入りたいけど鍵がないんです、開けてくださいって」

……息子？　え？　お母さん？

私は衝撃の発言に二人を見比べた。いや、どう考えたって無理がある。氷野さんのお姉さんなら納得するけど、たとえものすごく彼女が若作りだったとしても到底親子には見えない。

彼が私の腕を掴《つか》む手に、少しだけ力が入った。私はこんなに怖い氷野さんを見たのは初めてなので、かなり動揺している。でもユリさんはまったく動じていない。

「もちろん最初は信じてもらえなかったけど、身分証明をして、最終的にはお父さんにお願いしたの」

氷野さんは、ちっと舌打ちをする。

「それで、ここへはなにしに？」

「母親が一人暮らしの息子を心配して来ただけよ。須王くん、日本に戻ってきたことも住んでいる場所も教えてくれないんだもの。調べるのに時間がかかっちゃった」

彼女は悪びれもせず朗《ほが》らかに言う。ついでに食材を冷蔵庫に入れてくれるのはありがたいけど、野菜も肉もチルド食品も全部一緒に真ん中の冷蔵室に入れないで。

……せめて冷凍食品は冷凍室に入れてほしかった。

「私が活動拠点を海外に移した途端に日本に戻ってくるなんて……須王くんは意地悪だわ」

私のエコバッグを綺麗《きれい》に折りたたむと、彼女はソファに置いていたらしい自分の荷物のところへ行く。

私はくいっと氷野さんに掴《つか》まれている腕を動かした。彼は、はっとして私を見る。

多分この人は今、私の存在をすっかり忘れていたに違いない。

……顔色悪いなあ。

二人の様子を見ていると、氷野さんが心底嫌がっているのが伝わる。私にもわかるのに、彼女にはわからないのだろうか？

「向こうでレコーディングしたの。須王くんに聞いてもらいたい」

ユリさんはバッグから取り出したＣＤをダイニングテーブルの上に置いた。

「用が済んだなら帰ってくれ」

「あら、久しぶりに会えたのに、お母さんを部屋に泊めてはくれないの？」

ふわりとしたほほ笑みは綺麗《きれい》で無邪気だった。氷野さんはユリさんを睨《にら》み、私の腕を掴《つか》む手にまたわずかに力を込めた。

――彼女の言葉の裏にあるものが、なんとなく伝わってきた。

母親が息子の部屋に泊まるのは、きっとおかしなことじゃない。でも彼女が言うと……違って聞こえる。それに、氷野さんのこの言動……二人の間に、なにかあったのは間違いないだろう。ただ、それがなんなのかまでは、わからないけれど。

「泊まる場所がないなら、ホテルをとってやる」

氷野さんはスーツの胸ポケットからスマホを取り出した。ユリさんは彼に近づくと、やんわりとスマホを持った彼の手に触れて行動を制した。

「必要ないわ。日本にはＣＤの発売記念イベントのために来たの。ホテルもきちんと準備されている」

氷野さんの手に触れた彼女の細い指が意味深に動く。氷野さんは肩をぴくりと揺らしはしたけれど、強引に振り払ったりはせずに、スマホを元の場所にしまうことでユリさんの手から逃れた。

「だから須王くん、ホテルまで車で送ってくれる？」

彼女はそう言って口元に笑みを浮かべると意味深に私を見た。母親だと口にしながらそうは思えない振る舞いをするのは、私に対する牽制《けんせい》なのだろう。

だって私は、なにを聞かされずとも二人が訳ありの関係だってことがわかるもの。

彼女は、氷野さんと自分が、私よりも深い関係であることを匂わせているもの。

氷野さんはしばらく無言だった。彼女は氷野さんの反応になど構わずに、バッグを肩にかけて彼が動くのを待っている。氷野さんが断るなんて微塵《みじん》も思っていなさそう。

「……わかった。二度とここには来ないでくれ」

私の腕を掴《つか》んでいた手が離れる。

「凛、少し待っていろ」

車の鍵を取りに行く彼の背中を、私はぼんやり見た。張りつめた空気に、私は頷くのが精一杯だった。

手が離れて寂しかったけれど、そのセリフにほんの少し肩の力を抜いた。

……大丈夫、私はまだ氷野さんのそばにいていい。

二人は部屋を出ていって、私と、そしてテーブルの上のＣＤだけが残された。

私はそのＣＤのジャケットを見る。ピアノを弾くユリさんの姿がそこにはいて『リリィ』とあった。

その後、スマホで調べたところ、彼女が有名なジャズピアニストで氷野さんより六歳年上だということを知った。

＊＊＊

マンションを出て駐車場まで着くと、ユリは当然のように俺の車の助手席に座った。久しぶりに顔を合わせた彼女は、見た目だけなら昔からずっと変わらない。落ち着いていて穏やかで、真面目で清純な空気を放ち、どことなく幼ささえ感じさせる。昔から年上には見えなかったが、今はもしかしたら俺より下にも見えるかもしれない。

「ホテルはどこ？」

俺の問いに、ユリは外資系ホテルの名前を告げた。

ユリをタクシーで帰らせなかったのは、凛がいないところで彼女に再度釘を刺したかったからだ。

「次はない。管理人には、あなたの出入りを禁止させる」

「須王くんがそんなこと言うの初めてね。今までは私のやることなんて無視していたのに」

ふふふっと楽しそうにユリは笑う。

ユリはこうして、時折俺の前に姿を現すことがあった。そしてするりと消えていく。面倒だとは思っても害がないから、これまでは放置していた。

けれど、俺のマンションのドアの前で、立ち尽くしていた凛の深く傷ついた表情を見て、今回ばかりは見過ごすわけにはいかないと思った。

初めて彼女と出会ったのは俺が中学三年で、ユリが大学三年の時。

父は元ヴァイオリニストで音楽大学の教授、母は自宅でピアノ教室を開いていた関係で、俺も当然ピアノを弾いていた。

そして母は、俺が小学校高学年の時に病気が発覚し、数年後に亡くなった。

その頃の俺はピアノをやめるきっかけがないままずるずると続けていて、その時もコンクールに出場するためのレッスンを渋々受けていた。

ピアノ講師が事故で怪我をして、入院の間代理の講師としてやってきたのが、当時音楽大学の学生だったユリだ。

ユリはピアノコンクールの常連で上位入賞者だったが、経済的余裕がなかったらしく、ピアノ講師のバイトをしていたそうだ。

その頃のユリは、決してトップにはなれなかった。そして自力で留学もできず、大学卒業後の行き先も決まっていなかった。

ピアノとバイトに明け暮れる毎日を過ごしていたユリは、女子大生とは思えないほど地味だった。一度も染めたことのなさそうな黒髪をひとつに結んで、黒縁のメガネをかけ、やる気のない俺に真面目にピアノを教える。

真面目だけが取り柄の面白みのない女、それが最初の彼女の印象。

だから、からかうつもりで言った。

『ご褒美をくれるなら頑張ってもいい』

ユリは俺の言葉に困ったように考え込んでいたくせに、突然俺にキスをしてきた。

『これでもご褒美になる?』と恥《は》じらうように言って。

どんなに地味でも六歳も年上なのだ。同級生の女とは比べ物にならないぐらい、彼女は大人だった。

ご褒美の内容がエスカレートしていっても彼女は拒まない。むしろ回数を重ねるごとに俺たちの行為は卑猥《ひわい》さを増し、彼女も慣れて変化していく。

『本当は、お行儀よく並んでいる音符が嫌いなの』

ある時、彼女は言った。

楽譜通りに弾くのが苦痛になる。整然と並んだ音符が気持ち悪くなって、乱してしまう。だからコンクールで優勝できない。

『だからね、時々正しいものを乱したくなるの。ぐちゃぐちゃに壊したくなる』

だったらクラシック音楽よりもジャズのほうが向いているんじゃないか？　俺は何気なくそう口にして、コンクールの課題曲をジャズ風にアレンジして弾いてみせた。

その時の驚きと興奮に満ちたユリの顔は、新しいおもちゃを見つけた子どものように輝いていた。

それから俺たちは時々、あえてめちゃくちゃな演奏をして、互いに卑猥《ひわい》な姿をさらし合い、それを楽しんでいた。

音符が乱せないなら、自分を乱そうと思って――そう言ってユリが俺の前で乱れたこともある。

『須王くんが教えてくれたんだよ。どうやって自分で乱れればいいか……』

キスをすることも、裸を見ることも、素肌に触ることも許していったユリは、けれど最後の一線だけは絶対に俺に越えさせなかった。

真面目そうに見えて淫《みだ》らさを隠し持ち、性に奔放《ほんぽう》に見えて最後の砦《とりで》だけは死守する。

ユリの不思議な感性とアンバランスさに、俺はどんどんのめり込んでいった。

俺の父親が、そんな彼女の自由なピアノを聞いて目を留めたのは偶然だった。父はユリに本格的にジャズの道へ転向することをすすめ、彼女にそのチャンスを与えた。彼女に生の演奏をたくさん聞かせ、専門の講師をつけ、練習環境を整える。最初は戸惑っていたユリも自分の可能性を示されて、新たな世界を知って、自信をつけて急激に変化していった。

俺はユリの将来が開けたことを素直に喜んでいた。彼女が輝いていく姿に触発され、俺も真面目にピアノを練習してコンクールの予選を勝ち進んでいった。

最終予選を無事通過した時、俺はユリにご褒美をねだった。

ユリが好きだから……ユリがほしい、と。

六歳の年の差なんか関係ない。大人になれば、それぐらいの年の差は普通になる。

困ったように笑みを浮かべた彼女は『コンクールで優勝できたらね』と言った。

まさかその時すでに、俺の父親と関係を持っているとも知らず――

コンクール前日にその事実を知った俺は、本選をボイコットした。父が俺とユリの微妙な関係に気づいていたのかはわからない。

ただ父を徹底的に避けるために全寮制の高校に進学し、父は父で海外の大学の客員教授として呼ばれて行った。そしてユリはジャズの勉強をするという名目で、父についていった。

父がユリと再婚したのは俺が高校を卒業した日。

そしてそれは、ユリがジャズピアニストとして脚光を浴びた日。

彼女は、俺の父との再婚が決まった時に、こう言った。

『これで須王くんのそばにもいられるね』と――

結婚を機に彼らが日本に戻ってくるのを知った俺は逆に海外留学を決めて、以降日本には一切戻ってこなかった。

そして今度は、ユリが海外を拠点に活動すると知ったから日本に戻ってきた。

俺が女を信用できなくなったきっかけを作ったのがユリだ。

「あなたが変わったのは、あの秘書の子のせい？」

俺は思わずユリを見た。彼女は久しぶりの日本の景色を楽しむように、ずっと窓のほうを向いている。

「須王くんが珍しく一人の女の子とだけ関係を持っているって知って興味が湧いたの。須王くん、いつも付き合うサイクルが短いし、何人か重なっている時もあったし、特定の恋人が作れないのかなって心配していたから」

心配なんて――そんな気持ちは微塵《みじん》もないくせに、平気で綺麗《きれい》ごとを並べ立てる。

ユリの言葉はいつもあやふやだ。俺は結局、彼女の本音など一度として見抜けたことがない。

『私の世界を変えてくれたのは須王くんだよ』

『須王くんだから……こんなこと許すの』

その気にさせる言葉を吐き、隙を見せて甘え、欲をさらして誘いをかけて翻弄《ほんろう》し、最後は嘘で終わる。

それが女だとユリが教えてくれた。

これまで関係を持ってきた女たちには、いつもユリの影がちらついていた。

どんな女も卑怯《ひきょう》さと醜《みにく》さを隠し持っている――

俺の義理の母となった今も、彼女は俺に対して気まぐれに『女』をちらつかせる。

これまでも、今日みたいに時々、ユリに接触されて俺から去っていく女がいた。彼女たちがそろって口にするのは『あの人が本命なのね』という言葉。ユリがそうやって俺の知らないところで、俺のまわりの女たちに揺さぶりをかけているのを知った時、腹立たしさと嫌悪感があった。とはいえ、ユリに唆《そそのか》されて去っていく程度の女を引き留める気にもならなかった。

それは言い換えれば、俺にとって過去の女たちは、ユリに仲を邪魔されたって困りはしない相手だったということだ。

でも凛は違う。

部屋の前で呆然と立ち尽くしていた凛は、泣きそうな怯《おび》えた表情で俺を見た。きっとユリは、これまでと同じようなことを凛にも仕掛けたに違いない。

もし、ユリのせいで凛が俺から離れる選択をしたら――

……今回は許さない！　ユリのせいで滅茶苦茶にされてたまるか！

凛が俺から離れていく――そう想像しただけで胸が抉《えぐ》られるように痛む。

花火大会のあの夜以上の焦燥《しょうそう》と痛みに襲われて、はっきりと自覚する。どれほど彼女を愛しく思い、欲しているかを――

……俺は決して凛を手放さない！

「あなたの心配は必要ない。凛に手出しするな」

強くきつく言い放つと、ユリはようやく視線を俺に向けた。

「驚いたな……部屋の出入りどころか、彼女への接触まで禁止するなんて……そんなに気に入っているの？　あの子のカラダ」

ユリは抑揚《よくよう》なく、あくまで淡々と言葉を続ける。

「見た目は地味で大人しそうに見えたのに……ベッドでのテクニックがすごいの？　それともなにか特別な性癖でもあるのかな」

明るく軽やかな口調とは裏腹に、卑猥《ひわい》なユリの発言に不快感が増す。

信号が赤に変わり俺は車を停車させた。いっそ、このままここで引きずり降ろしたくなる。

「ああ、もしかして……あの子が私に似ているから？　須王くんにしては珍しいタイプの子を選んだなって思っていたの。黒髪にメガネで地味で……まるで出会った頃の私みたいだものね」

「黙れ……」

「あの子に私を重ねて、いやらしいことしているの？　あの頃の須王くんは……私にいろんなことをしたものね」

「黙れ！　ユリ！」

俺は反射的に拳を振り上げかけて、必死にそれを抑えた。

うしろから大きなクラクションの音がする。

「……信号、青だよ、須王くん」

怒りを抱えた俺とは裏腹に、ユリはさらりと言う。俺はぐっと握りしめた拳を緩めると、その代わりにハンドルを握ってアクセルを踏んだ。

こんなのは所詮《しょせん》ユリの挑発でしかない。これまで無視をし続けたのは、彼女の挑発にのらないためだ。戸籍上関係があるから、ユリへの対応を間違えるわけにはいかなかった。互いに知名度がある分、俺たちの過去が暴露されればスキャンダルになりかねない。

「凛はあなたになんか似ていない。あなたを重ねたこともない。俺はとっくに、あなたとのことは忘れている」

口にしながら嘘だ、と思った。

俺は凛を見て……やっぱりユリを思い出した。

溝口父子を弄《もてあそ》んでいるように見えた姿がユリに重なって、それが許せなくて、だから凛に手を出したのだ。

酸っぱいものが腹の奥から湧き上がりそうになる。

……そうだ、俺は自分の中にある黒い衝動に任せて、凛の初めてを奪った。

「……そうかな、でもあの子は須王くんの恋人じゃない。会社でもプライベートでもお世話をしてくれるただの秘書……ただのセフレ」

「ただの秘書でもセフレでもない！　彼女は――」

俺の言葉はそこで途切れる。

凛を俺にとってなにか、はっきりと言葉にできない関係に置いたのは俺自身だ。

花火大会のあの日『好きです』と言わせておきながら返事を濁《にご》した。『手放せない』『時間がほしい』、そう言い訳して、ずるずると曖昧《あいまい》な関係を続けている。

「恋人だなんて嘘はつかなくていいよ」

「嘘じゃない！　凛は俺の――」

「あの子は須王くんの恋人じゃない。だって、須王くんの部屋にいた私に、秘書ですって自己紹介してくれたもの。自分が恋人だっていう自覚や自信があるなら、むしろ私を問い詰めるはずでしょう？　今までの子も……そうだった。私が恋人のはず！　って最初は言い張って、私のことを問い詰めてくるけど、そのうち自分で言い出すの。『ああ、本命は私じゃないんだ』って。あの秘書さんは問い詰めもしなかった。それどころか……自分が日陰の存在だって自覚している」

ガツンと頭を殴られた気分だった。

「須王くんが、そうやってきちんと自覚させているんでしょう？　だからあの子、これだって奪い返そうとしなかった」

ユリが俺の部屋のカードキーをちらつかせた。咄嗟《とっさ》に奪い返そうと手を伸ばすと、彼女は大きくあいた自分の服の胸元にカードを差し入れる。

……なんで、ユリがカードキーを持っている！

だが運転中なので、鍵を奪うのを一旦断念する。

同時に、俺は自分の不甲斐なさを悔いた。

凛が自分のことを秘書だとしか言えないのは当然だ。ユリが凛に、自分のほうが特別な存在なのだと思わせたのなら、カードキーだって奪い返すわけがない。

……日陰の存在だと自覚している？

ドアのそばで立ち尽くしていた凛の姿が目に浮かぶ。彼女らしくない怯《おび》えた泣きそうな表情は、ユリのせいじゃない。

……あれは——俺のせいだ！

たとえユリ以外の女が俺の部屋にいても、凛は自分を秘書だとしか言えない。俺はそれを彼女に強いたのだ。

凛——!!

彼女は人の感情を読むのに長《た》けている。俺がなにを望んでなにを嫌うか、自然に察知して接してくる。

俺はそれに甘えて、ずるずると都合のいい女として扱ってきた。

俺はウインカーを出し、車を路肩に停めた。このまま運転を続ければ、事故を起こしかねない。

それぐらいユリが放った言葉は俺を深く抉《えぐ》ってくる。

「須王くんは私を忘れてない。私も忘れてない」

「違う……」

「あなたは、どんな女も信用できない。誰と付き合ったって続かない。須王くんの中にはずっと私がいる」

「違う！」

ユリはシートベルトを外し、俺に抱きついてきた。やわらかな髪が跳ね、ふわりと優しい香りが鼻腔《びこう》をつく。

ユリが気まぐれに俺の前に姿を現す理由。俺の周囲の女に関わる理由。

それは互いが互いを忘れていないのだと思い出させるため、自覚させるため。

初めて欲した女は自分の欲望のために、俺と父を天秤《てんびん》にかけた挙句、権力も金もある父を選んだ。真面目だった女が、豹変《ひょうへん》していくのを目の前で見てきた。

そして、女は信用できないと悟ったのだ。

その思いに囚《とら》われた俺は、凛に明確な言葉を告げられなかった。特別な関係になれば凛だって変わってしまうのかもしれない。俺はそれが嫌で、濁《にご》して曖昧《あいまい》にしてきた。

勝手に凛にユリを重ねて疑い続け、彼女の気持ちを揺さぶって試し、身勝手に体を求めた。優しくして、触れて、甘い言葉をささやいて、けれど決定的な言葉は使わずに曖昧《あいまい》に関係を続けて。

……俺は――ユリと同じことをしているんだ!!

ユリのせいで女が信用できないと言い訳して、俺は凛に同じことをして、自分の心を守っていた。

そのせいでずっと凛は傷ついているのに!!

俺はユリの華奢《きゃしゃ》な肩を掴《つか》むと、自分から引き離した。

「ユリ……俺はもう、あなたを忘れている」

そうだ。凛はユリとは違う。

俺は自分の弱さと卑怯《ひきょう》さが生み出してきた幻を追い払う。

すべての女をユリに重ねて、だから信用できないなんて言い訳はもうしない。

「凛は信用できる。彼女となら続けていける。俺の中にあなたはいない。もう惑わされたりしない」

……凛は、ユリとは違う。俺は凛なら――

信じて愛していける。

ユリが潤《うる》んだ眼差《まなざ》しで俺を見る。男を誑《たぶら》かすその表情が、今となっては滑稽《こっけい》だ。

俺を見上げていたユリの目が伏せられて、やわらかな笑みが消えた。

「一人の女に本気になる須王くんなんてつまんない……」

「だったらもう二度と俺の前に現れるな」

「正しいものは嫌い。ぐちゃぐちゃに壊したくなる」

過去にも語ったセリフをユリは呟いた。

俺の周囲の女たちに接触するのは、俺の世界を壊すためだったのかもしれない。

けれどもう……俺がそれを許すことはない。

「俺になにを仕掛けてきたって構わない。でももし凛に手出ししたら、俺はすべてをかけてあなたを潰す」

俺は低い声で言葉を吐き出し、ユリを睨《にら》みつけた。

俺の本気を感じ取ったのか、ユリから余裕が失われた。顔を強張らせて唇を噛む。だけどそれは一瞬だけで、彼女はふたたび聖母のような笑みを浮かべた。

「タクシー拾うわ。こんなに怖い須王くんのそばにはいたくないもの」

ユリはバッグを肩にかけると助手席のドアを開けた。

もう彼女を引き留める理由もない。

「部屋の鍵も返せ」

ユリは肩をすくめ、素直に胸元からカードキーを取り出した。

車を降りて助手席の椅子に投げ捨てる。

「私に壊されないように、せいぜい彼女を大事にすれば」

車のドアを閉める間際、ユリがそう言った。そして彼女はすぐに手を上げて、通りかかったタクシーを捕まえる。俺はハンドルへとすぐに視線を戻し、また車を発進させた。

今すぐ凛に会いに帰って、そして強く抱きしめて、伝えたいと思った。

『君が好きだ』と――

＊　＊　＊

氷野さんとユリさんが部屋を出ていった後、私はとりあえず冷蔵庫の中身を整理し直した。幸い、冷凍食品も無事でほっとする。夕食を作っておこうかと思ったけれど、そんな気になれなくてソファに座った。

――氷野さんが『待っていろ』と命じたから、私はここにいる。

でも待っていて……彼は本当にここに戻ってくるのだろうか。

彼女が言っていた『お母さん』や『息子』という言葉が本当なら、あの二人の関係は義理の母子である可能性が高い。それも、かなり訳ありな。

私は再度スマホで『リリィ』という名を調べ直す。

そこからわかったのは、彼女は二十歳上の音楽関係の仕事をしている男性と結婚しているという事実だった。もしそれが氷野さんのお父さんであるとすれば——

氷野さんとの年齢差は六歳……結婚相手との年齢差は二十歳。

ものすごく身に覚えのあるそれらの年の差に、氷野さんが私を初めてこの部屋に連れてきた日に言った言葉を思い出していた。

『溝口さんとその息子を弄《もてあそ》んで楽しんでいただけか？』

『俺が相手をしてやるよ。だからもう二度と彼らに近づくな』

あの時は彼の言っている意味がわからなかった。

もしかしたらあれは、自分たちの関係と重なる部分があったから出た警告？

父親と息子を弄《もてあそ》んで楽しむ女……あの日、彼には私がそう見えた。

それは自分がそういう経験をしていたからだった……？

——女は信用できない。

彼が私に対して幾度となくそう言った原因がもし義理の母である彼女にあるとすれば、同じように見えた私をいつまでも信用できなくて当然なのかもしれない。

——時間をくれないか？

私は自分で思うより、あの言葉に望みをかけていたんだろう。

実際あれから氷野さんとの距離が近づいた気がしていた。

彼の優しさや甘さに居心地のよさを感じ始めていて、いつかは特別な存在になれるのではないかと夢見ていた。

でも、もし私と彼女を重ねていたなら、氷野さんが私を信用することなんかないんじゃない？

氷野さんに特別扱いされている気はする。でもその特別が、どこからくるのかはわからない。

役に立つから、面倒じゃないから、飽きてないからというだけの曖昧《あいまい》な関係。

だったら「時間をくれないか？」って言葉も、自分が飽きるまで都合のいい相手を繋ぎ留めておくためのもので、深い意味なんかなかったのかもしれない。

そう考えたら、涙が滲《にじ》んできた。


「凛！」


その時、玄関が開く音がして、大きな声で名前を呼ばれる。氷野さんが帰ってきて、ほっとする。

でも泣きそうな自分を見られたくなくて慌てて顔を作った。

いつも冷静で動じることのない彼が、焦りを露《あら》わにして部屋に飛び込んでくる。そして私の姿を見て安堵《あんど》したように表情を緩めた。

そのままふわりと腕が伸びてきて、強く抱きしめられた。

あまりに予想外の行動に、驚きで涙も止まった。

私を抱きしめる彼の腕は、かすかに震えている。

その姿はまるで怖い夢を見て縋《すが》りついてくる子どものように思えて、私もまた氷野さんの背中に腕をまわした。

こんなに怯《おび》えて、そして動揺している氷野さんを見たのは初めてだった。

私は……こんなふうに弱っている彼を一番に支えられる相手でありたい。堂々と彼の隣にいられる関係でありたい。そして、できるなら彼の気持ちもほしい。

それは、溝口さんの時には決して抱かなかった欲望。

「須王――好き」

曖昧《あいまい》な関係のままで居続けることは、やっぱりできない!!

抱きしめた彼の背中がぴくりと震えた。でも逃がさないつもりで、ぎゅううっと力を入れて抱きしめた。

「あなたが私を嫌いでも、信用できなくても、私はあなたが好き」

「凛……俺は」

……女って見返りを求める生き物なんだよ!

「見返りがほしいの。私も須王に好かれたい……私と同じじゃなくてもいいから、少しでもいいから気持ちがほしいよ!『秘書です』なんて自己紹介しかできない曖昧《あいまい》な関係はもう嫌!」

須王が見返りを求められるのが嫌なのも、『私ってあなたのなに?』って聞かれたくないのも知っている。

こんなことを言えば、この関係は終わるのかもしれない。

ぶわっと溢《あふ》れてきた涙が、メガネのレンズを濡らす。もう、メガネを取って須王のスーツで涙を拭《ぬぐ》ってしまいたい気分だ。上質なスーツを汚して、私の痕跡を少しでも残してやりたい。

「私は、あなたにとってなに!?」

泣きながら須王を見上げた。メガネの隙間から逃げた涙が、顎《あご》にまでぽつんっと落ちる。

彼は彼で、なぜか泣きそうに目を細める。

くだらないと思っているようにも、困っているようにも見えた。

「大事な秘書だ」

……だよ、ね。

どくんっと心臓が鳴った。今頃になってどくどくと緊張してくるのは、関係にはっきりとピリオドが打たれたせい。

……大事って言ってもらえただけよかったのかな。

彼にしがみついていた手から力を抜く。足元がふらついてよろけたところ、須王がぐいっと腰を支えてきた。

「でも今からは違う。君は俺の大事な恋人だ」

言葉の意味がすぐには理解できなくて瞬《まばた》きをした。彼は私のメガネを外して、そばのテーブルに置くと涙を拭《ぬぐ》ってくれる。

「凛が好きだ。待たせてごめん」

全身から力が抜けて私は床に座り込んだ。須王も膝をついて、もう一度私を抱き寄せる。

「凛？　聞こえたか？」

須王は私の涙を拭《ぬぐ》っては頭を撫《な》で、今までにないほど優しく耳元でささやく。

「もう俺の言葉は信じられない？　都合のいい嘘だと思う？　卑怯《ひきょう》な関係を強いてきたから信用できないのも無理はない。俺自身がずっと……相手の言葉を信用してこなかったからな」

自虐的な言葉は彼らしくない。

私はただただ呆然と、須王の顔を見つめることしかできなかった。

『恋人』とか『好き』とか言われるなんて、自分にとって都合のいい夢を見ているみたいだ。

「これが本心だと、君にどうやって信じてもらえばいいかわからない。嘘をつくのは簡単だし、態度は偽《いつわ》ることができる。優しさには裏があって、女が男に近づくのには思惑がある。挙句の果てに女は見返りを求めてくる」

……この人は本当に他人が信用できないんだな。

仕事上は冷静に対処して、何事にも動じない。だから社会的にはうまく生きてこられても、プライベートでは誰も信用せずに孤独に生きてきたのかもしれない。

「俺の君への感情だって……多分綺麗《きれい》なものじゃない。君を手放したくない。そばにいてほしい。甘えさせてほしい。身勝手な欲望ばかりだ」

「それが『好き』ってことでしょう？」

「………………」

私は須王の頬に手を伸ばして撫《な》でる。泣いてはいないけれど、見えない涙を拭《ぬぐ》うように。

「私だって欲望だらけですよ。そばにいたいし、甘えてほしいし、他の誰にも見せない姿を私にだけは見せてほしい。ついでに見返りもほしいです！　でもそれが『好き』ってことでいいんじゃないですか？」

恋愛経験皆無《かいむ》の私には、恋愛とはなんぞや、みたいな高尚《こうしょう》なことは言えない。

でもこの人はきっと『好き』という言葉を嘘や誤魔化しで使える人じゃない。それぐらいはわかる。

「今度この家に他の女の人が来たら『恋人です』って言いますね！」

「……ああ。というか、他の女なんかいないぞ」

「……もしもの話です。それから、見返りをいっぱい求めるので、須王も求めてください！　ただし私にだけですよ、見返りを求めていいのは」

「……ああ、わかった」

「……好きって、いっぱい言っていい？」

本当はずっと、たくさん気持ちを伝えたかった。

私の気持ちはいつも心の中だけにしか置いておけなくて、口に出せずにいたから。

「俺は……たまにしか言えないぞ」

「代わりに私が言いますよ！」

二人で小さく笑った後、私たちは両想いのキスをした。

＊　＊　＊

それから、須王はユリさんのことについて少しだけ教えてくれた。

二人の関係は、やっぱり私の想像した通りだったのだけれど、憧れていい雰囲気だった女性が、自分の父親と再婚したというヘヴィーな内容を彼はさらりと述べた。

……今でも若々しくて、綺麗《きれい》で、才能あるジャズピアニストなんだから、中学生の須王が惹かれたのも無理はない。

須王は嫌悪と憎しみを彼女に抱いている。でもそれは愛情と紙一重だ。

シャワーを浴びる彼を待つ間、私は寝室でシーツに包《くる》まり、そんなことを考えていた。

──少し話した後、私が先にシャワーを浴び、その後、彼にも浴びるようお願いしたのだ。

私はユリさんのかすかな残り香が気になって仕方がなくて。ついでにマンション内の空気も入れ替えた。彼女が置いて行ったＣＤをどうするか悩んだけれど、捨てるわけにもいかないし、かといって部屋にあるのも落ち着かない。須王はどこかに寄付するか売りとばすと言っていた。

寝室のドアが開いてシャワーを浴びた須王が入ってくる。

「凛……なんでそんな端っこにいるんだ？」

バスローブ姿でベッドに腰を下ろした須王が聞いてくる。

なんでって、こういうシチュエーションが初めてだからですけど！　いつもなし崩し的にセックスに持ち込まれていたので、ベッドで待つなんて、したことないんですけど！

それに……気持ちが通じ合ったせいか妙に恥《は》ずかしい。

シーツの中に入ってきた須王の手が伸びて私を抱き寄せようとする。それにびくっと反応してしまった。

「凛？　もしかして緊張しているのか？　今まで、あれだけ慣らしたのに」

ええ、ええ、慣らされましたよ、確かに。あなたは初心者にも容赦《ようしゃ》しませんでしたからね！

「まあ、俺たちの関係を最初から仕切り直すのも悪くないか……今夜を初めての夜だと思えば」

額に小さなキスが落ちて、そっと髪を撫《な》でられる。

須王の目が、優しく、でもどことなく意地悪に輝き、私は嫌な予感がした。

「初めての夜らしく、今までと違う忘れられないものにしてやるよ」

忘れたことなんかないけど！　という余計なことは言わなかった。須王も無言で小さくキスを繰り返す。額から始まったキスの雨は、こめかみや頬や鼻、耳のうしろや首と、降り注《そそ》いでいく。二の腕の内側や、脇の窪《くぼ》み、腰骨の上など、まるで儀式のように私の全身に唇を押し当てた。

最初はくすぐったいだけだったものの、キスが下がっていくごとに私の体温は上がっていく。身をよじって体を隠すこともせずに、私は与えられる刺激を必死に受け止めた。

足の親指の先にまでキスが落ちて、その頃には変な緊張は失われていた。

部屋の灯りはスタンドライトだけだ。そのオレンジ色はベッドをスポットライトのように照らし、すべてを須王の前に明らかにする。

唇にも乳首にも、私の感じる場所に須王は唇どころか指先でも触れなかった。

胸元を少しだけ覆《おお》っていた私の腕を脇に避けると、須王は私にまたがって全身を見下ろした。

彼の視線が肌を刺してくる。

見られている羞恥《しゅうち》が全身を走った。

「見ないで……」

「俺に見せないで誰に見せるつもりだ？」

「誰にも見せない！」

私の懇願《こんがん》が奇妙に受け止められる。

「俺以外には誰も見せない、だろう？　俺しか知らない体だ、今までもこれからも」

須王の視線が私の頭の先からゆっくりと下りていく。冷たく見える眼差《まなざ》しの奥に熱があることを、今の私は見抜くことができる。

ぞくりと背筋が凍る感覚。

初めて会った時にもあったこの感覚は、私が彼を意識した証拠。

肌の表面がざわつき始め、そこから奥へと広がっていく。胸の先が勝手に尖り、体の中心からは蜜が溢《あふ》れ出す。彼に見られているだけで反応する自分が嫌で、私は耐え切れずに体を横に向けた。

くすりと笑う声がして、指先が私のうなじに触れる。彼の手はそのまま首のうしろから肩甲骨《けんこうこつ》をなぞり、背骨に触れた。ひとつひとつの骨の形を確かめるようなその動きには、くすぐったさと気持ちよさが同居する。彼の指先が下から上へと私の肌をかすった瞬間、びくっと体が跳ねた。

「ひゃっんっ」

「背中も弱そうだな」

まさか、そんな場所が弱いわけないと思ったけれど、須王が掌《てのひら》をそこに滑らせると体から勝手に力が抜けそうになる。ぞわぞわとしたものが首筋に這い上がってきて、すっと冷たささえ感じた。

須王は私の体をうつぶせにすると、覆《おお》いかぶさりながら、片手を胸にもう片方を腰骨にあてた。

胸を優しく揉みながら、背中にも触れていく。逃げ場のない私は須王の腕の中で、されるがままになった。

「やっ……あんっ」

胸の先をつままれて上体を起こせば、背中にキスを落とされる。きゅっと体を丸めれば、おしりのほうまで指が伸びる。体温がどんどん上がって体が火照《ほて》ってくる。須王の手が触れるたびに敏感になって、どこもかしこも反応し始める。

須王は私の腰を高く持ち上げると、足の間に手を差し入れた。彼の手が太腿《ふともも》の際《きわ》に触れただけなのに、私の中心には湿った感触があった。快楽の証が蜜となって溢《あふ》れてくる。

「やぁ……ああんっ」

いつもと違う方向から指を入れられて、私は声を上げた。うしろから入れられた指と前から触れる指が同時に攻めてくる。体を前に揺らすと彼の指が敏感な芽にあたり、うしろに揺らすと彼の指がさらに奥に入ってくる。どう動いても快感が生まれてしまう。

「やっ……須王！　両方は、ダメっ」

「凛の腰は嬉しそうに動いている」

私が動くのを堪《こら》えようとすると、須王の指が中の気持ちのいい場所を刺激してくる。反射的に腰を揺らし、自《みずか》ら敏感な芽を彼の指に押し当ててしまう。

そのうちに、いやらしい蜜の音が響き始める。

「ああんっ……やぁ……んんっ、指、はなしてっ」

「俺の指を締《し》め付けているのは君だ」

逃げ出したいのに逃げ出せない。彼の言う通り感じれば感じるほど、体の奥は彼の指を逃がさないとばかりに勝手に蠢《うごめ》く。

「凛……イき方は教えただろう？　上手にイけよ」

「あっ……あっ……やっ……ああっ!!」

嬌声《きょうせい》と、卑猥《ひわい》な音と蜜をまき散らして、私は命じられた通り素直に自《みずか》らを解放した。

全身が大きく震える。はぁはぁと肩で息をしていると須王が背中から抱きしめてくる。耳元で「上手にイけたな」と褒めてくれて、ほっとしていると、まだ落ち着いていない体の中に須王が入ってきた。

「ああっ!!　あんっ、まだっ」

「きっつ――!!　ああ、すごいうねっている」

容赦《ようしゃ》なく背後から最奥に突かれ、私は息を止めた。引きかけていた波がふたたび押し寄せてくる。熱くて大きくて太いものが、ぎちぎちと隙間を埋めて入ってきて、私はまた軽く達した。

途端に、須王の呻《うめ》く声が漏れる。

「……っ！」

私はその色香のある低い声に反応して、彼をきゅっと締《し》め付けた。

私だけが彼に、この声を上げさせられると思うと嬉しい。体の奥がきゅんきゅんして、私は須王を見た。彼も私がなにを求めているか気づいて、私の体を抱き起こした。背面座位の格好で繋がり合い、私たちはキスをする。うまく唇が触れ合わなくて舌先だけを絡め合った。互いの口からこぼれた唾液《だえき》が、肩に落ちてくる。

中にいる須王がぴくぴくと動いて、そのたびに私の体も小さく跳ねた。

「凛、膝をたてろ」

キスの合間の命令に、私はゆるゆると従う。足を広げると、自分の中に須王がいるのがはっきりわかった。

私の秘めた場所は、喜んで彼を受け入れる。嬉し涙のように蜜がこぼれて、腰が揺れるたびに散っていく。

両胸に彼の大きな手が触れる。私の胸が彼の手で卑猥《ひわい》な形に変化しては揺れる。きゅっと痛いほど掴《つか》まれても感じて、赤く色づいた乳首はますます敏感になる。指先で引っかかれながら、私は自《みずか》ら腰を動かした。

——一度イってしまうと、理性は簡単に壊れて、なにもかもがどうでもよくなる。

須王の手が私の手を、繋がり合った場所に導《みちび》いた。

「凛」

名前を呼ばれるだけで、私は自分がなにをすべきかわかっていた。

須王の手はふたたび私の胸に戻って、いやらしく尖った先端をこすり上げる。

私が手で硬い須王に一瞬だけ触れると、そこは蜜で滑《ぬめ》っていた。でも、須王が私の名前を呼んで命じたのは、そこに触ることじゃない。私が自分で刺激すべき場所は、その上の部分。ぷっくり膨らんで主張するそこに、そっと指を当てる。

「あっ……あんっ……やんっ、んんっ」

私は自分の指で、一番弱い部分を優しく撫《な》でた。最初はおそるおそる触れていたものの、そのうち弱い刺激では足りなくなっていく。強く激しく自《みずか》らをいたぶっていくうちに、声も行為も抑えられなくなる。

「あっ、あんっ、須王っ……」

「凛……イく時は言え」

「やっ、一緒に……一人は嫌っ」

「一緒にイく。だから……言うんだ」

気持ちのいい場所に自《みずか》らの指を当てて激しく指を動かして、快楽の果てを目指す。

「須王っ……イく……イっちゃう」

「凛!!」

彼は約束通りに、私が達するのと同時に私の中に熱いしぶきを放った。

＊　＊　＊

俺の部屋の寝室に凛の喘《あえ》ぎ声が響き渡る。これまでは声を抑えていたのに、今の彼女はそんな余裕さえない。イったばかりということもあってか、今の彼女は大胆だ。

気持ちが通じ合って感じやすくなったのか、それとも気を許し始めたのか。どちらにしろ、素直な反応を示すところはかわいい。

今まではセックス中、女に対してこんな感情を抱いたことなどなかった。

――溝口さんのお見舞いにきていた彼女を見かけた時は『彼女が隠している本音を引き出したい』と思い関係を持った。それから、『普段と違う姿を見てみたい』、『俺の手でどこまで乱れるか試したい』と変化して。

思えば、この頃から凛に対して、他の女には抱いたことのない欲望を持っていたのかもしれない。

――俺とするまで処女だった彼女は、俺しか知らないが故に、俺がやることなすことすべてに従順に従う。セックスとは、そういうものなんだろうと思っているようだ。プラスして秘書体質とでもいうのか、俺の指示にはまず従うという意識も根付いている。

だから無茶な体位や要求にも、戸惑いつつも応《こた》えようとする。最初こそ恥《は》ずかしがって抵抗しても、最終的には言う通りにする。

そういう健気さがかわいい。

彼女への好意を認めた途端、俺の心の箍《たが》は呆気《あっけ》ないほど簡単に外れた。

……これ以上は多分まずい。

正常位の姿勢で彼女の中にゆるゆる出し入れしながら、俺は何度となく自分に言い聞かせた。彼女は意識が飛びかかっていて、さっきから幾度となく軽く達している。俺自身は彼女の中にすでに数度放った後なので、しばらくはもつ。

大分無茶をしている自覚はあった。でも、どこでやめられるのか、自分でもわからない。

俺は凛を緩く抱きしめながら、快楽に染まって溢《あふ》れた彼女の目元を拭《ぬぐ》ったり、汗で顔に張り付いた髪を払ったり、時々小さなキスを落としたりした。

ずっと触っていたいし、ずっと抱いていたいし、このまま彼女の中に入っていたい。

もう、凛を手放せない。

体を離したらまた……どこか距離のある関係に戻るんじゃないかという不安が押し寄せてくる。

……つくづく腑《ふ》抜《ぬ》けだな、俺は。

「す、おう？」

「凛……ごめん、きついか？」

軽く唇にキスをすると、凛がふわりとほほ笑む。やわらかい表情は、時折彼女が見せるようになったもの。

凛は手を伸ばして俺の頬に触れる。

「須王こそ。気持ちよくない？　泣きそうな……顔している」

かすれた声で凛が言葉を紡ぐ。本当に彼女は、よく人を見ている。

仕事でもプライベートでも支えられて、俺はそれに甘えてきた。

甘えて……肝心なことはなにひとつ自分から言葉にしてこなかった。

「君がもう限界だとはわかっている。でも……離せば、また失いそうで俺は怖いんだ」

これまで、女に弱音を吐いたことはなかった。でも、凛には言葉にして伝えていかなければ、きっと俺はまた無意識に彼女を傷つけるだろう。

凛は何度か瞬《まばた》きをした後、俺の首のうしろに手を伸ばして抱きついてきた。

「大丈夫。もし離れても、こうして私がくっつきにいくから」

あまり力が入らない腕で、きゅっと俺を抱きしめてくる。背中に触れる小さな手が優しく俺を撫《な》でていく。

……なんか、ちょっとずれた答えな気もするけど。俺の無茶のせいで、すでに朦朧《もうろう》としているのだから仕方がないか。

「ああ、俺も君から離れない。離さない。君は俺のものだ――愛している」

聞いているのかいないのかわからない状態の凛の耳元で、そっとささやく。

そうして俺は苦笑し、同じように凛を抱きしめて、緩く優しく彼女の中に出し入れしながら、互いに静かに達していった。

快楽の中に、ふわりとした温もりが混じり合うそれは、セックスで感じる初めての心地よさだった。

＊　＊　＊

数週間後の金曜、終業時間十五分前。

専属秘書室から秘書課の部屋へと入ってきたひだまりちゃんは、泣きそうな表情で私の机の上にファイルを広げていく。

「これが、月曜日まで。次は五日後。こちらは一週間後までだそうです」

……なんで今頃？

という言葉をなんとか呑み込んで、私は並んだファイルを見た。ひだまりちゃんが切羽詰《せっぱつ》まった様子で出てきた時から、秘書課の空気はぴしっと固まっている。みんな仕事の手を止めて、私たちのやりとりを見張っていた。

今日は金曜日。繰り返すけれど終業時間、ただいま十五……いや、もう十二分前。

私は時計を見て、そしてファイルを見て、最後にぐるりと秘書の面々を見まわした。

……あ、目そらした。

だってみんな昼休みに『今日の合コンは気合い入れようね！』と騒いでいたからね。久しぶりに当たりの相手らしいから、みんなが残業せずに済むように協力し合って仕事を進めていた。

五日後とか一週間後の仕事はなんとかなる。でも月曜日までのものは、誰かが今夜残業しなきゃ無理だ。

私は、数人の秘書の子たちを呼んで、とりあえず先の期限のものを振り分けた。

そしてハラハラしているひだまりちゃんを見る。その様子から察するに、彼女も今日は用事があるのだろう。けれど、残って取り組んだほうがいいのだとわかっているのか、どことなく悲しそうで諦めムードだ。

私は月曜日までと言われた資料をめくっていった。

あの男は思い立ったら即行動のようなところがあり、その裏付けとなるデータをすぐにほしがる。今回も停滞気味のプロジェクトの打開策を練っているうちに、いろいろ必要になったんだろうけど。みんながみんな彼と同じペースで仕事ができるわけじゃない。もう少し周囲にも目を配ればいいのになあと思う。

ただ、この強引なまでのリーダーシップに心酔《しんすい》し始めている社員がいるのも事実だ。

……そして大体、いい成果に結びつくんだよね。

「氷野さんに相談して、月曜までのものについて、もう少し期日がもらえないか交渉してくるわ」

今から無理やりやったって、中途半端にしかならない。それに秘書課だけで対応できないものもありそうだ。

「すみません！　いつまでも関崎さんにお願いして。私がきちんと交渉できればいいんですけど……」

ひだまりちゃんのセリフに、周囲がぶんぶんと首を横に振る。

『無理よ、無理だから！』

『私たちだって氷野さんに交渉なんて怖くてできない！』

『あなたは十分やっているわよ』

といった他の秘書たちの心の声が聞こえてくる。

「大川さんは頑張ってくれているわ。大丈夫、少しずつできるようになればいいから」

私は彼女たちの心の声を代弁する。

というわけで、私が交渉をしに行こうと意気込んで席を立つのと、秘書課の扉が勢いよく開くのは同時だった。

「大川！」

「はっ、はい！」

須王は秘書課を見まわしてひだまりちゃんを見つけると、つかつかと歩み寄ってきた。手にしているのは新たなファイル……

「大川、これも追加してくれ」

私の机の前で立ち尽くしていたひだまりちゃんは、反射的にファイルを受け取ったけれど、今にも泣きそうだ。秘書課全体が、花の金曜日の終業間際だと思えないほど暗く沈み、しんと静まり返ってしまう。

緊張感が半端ない……でも、ここで私がくじけてしまったら犠牲者が出る。

「あの！」

「……なんだ」

私の目の前には、すでに涙目のひだまりちゃん。そして対照的に今にも吹雪《ふぶき》をまき散らしそうなほど冷ややかな須王。私は思わず『北風と太陽』の話を思い出してしまって、ありもしないコートの襟を合わせたくなった。

……いやいや現実逃避している場合じゃないよ、交渉交渉。

「月曜締め切りの資料の件で、ご相談があります」

ついでに新たに持ってきたファイルの締め切りも気になるけど、とりあえず後にしよう。秘書課の面々のなんとも言えない眼差《まなざ》しを受け止めながら、私は言葉を続けた。

「氷野さんがすぐに資料を必要とされているのはわかります。ですが今からでは無理です。それに秘書課だけでは対応できないので、他の部署の人にもお願いしようと思います。もう少しお時間をいただけないでしょうか？」

「無理？」

須王は腕を組んで、素っ気なく復唱する。定番の見下すような視線も健在だ。

彼が「無理」という言葉を嫌いなのは重々承知だ。私だって、自分たちの無能さをさらしているようであまり好きじゃない。

でも、無理なものは無理だよ！　休日まで社員に出勤させる気？

「今日は金曜日です。もうすぐ終業です。それなのに月曜日までなんて無理だとしかお答えしようがありません」

彼は軽く瞬《まばた》きをして「金曜だったか？　今日」と小さく呟いた。

……あ、曜日の感覚がなくなっているんだ。

どうやら無茶ぶりな締め切り日の設定は、そのせいだったらしい。

彼は私の机の上に広げられたファイルを見て、新たに渡されたファイルをしっかり腕に抱いているひだまりちゃんを見て、そして私たちのやりとりに注目している秘書課のスタッフたちを見た。

そして小さく咳払《せきばら》いをする。

「……他の部署の人間とは？　それから、どれぐらい日数が必要だ」

そう言いながら、わずかに目を細めたのは自分の無茶ぶりに気づいたからだろう。少し口調を改めて問うてきた彼に、私はここぞとばかりに候補者たちの名前と理由を述べた。

「わかった。これは木曜まででいい。他の分も、それぞれ三日締め切りを伸ばす」

秘書課の空気がほっと緩み、みんなの顔に笑みが浮かぶ。ひだまりちゃんもぱあぁっと明るくなった。

……やったよ！　私。

「ありがとうございます!!」

私とひだまりちゃんは声をそろえて元気に言い、深く頭を下げた。

時計の針も終業時刻ちょうどを示し、秘書課内の雰囲気が一気に和《やわ》らぐ。

須王は即座にひだまりちゃんに新たな指示を出し始めた。

「大川、関崎の提案でこれらを振り分ける。今日中に彼らに伝えてくれ」

私の机のすぐそばで、二人のやりとりが始まった。ひだまりちゃんは即座にスーツのポケットからメモ帳を取り出して須王の言葉を書き留めている。彼が振り分けるファイルを見ながら復唱して、再確認もしている。

……うん、うん、ひだまりちゃん、専属秘書っぽいよ。成長したよね。

私は椅子に腰を下ろして、今日の残業が回避できたことにほっと一息ついた。

「関崎さん……」

すすすっと秘書の子が私に近寄ってくる。

「ありがとうございました。関崎さんのおかげです。残業がなくなったので、関崎さんもどうですか？　今夜の合コン。残業がなかったら考えてみるっておっしゃっていましたよね？」

それは、ものすごく小さな声だった。そしてお昼休みに合コンの話題が出て誘われた時に、自分が適当にそう返事をしたのも思い出した。恋人がいるから遠慮するなんて答えたら、相手がどんな人か聞かれそうでお茶を濁《にご》したのだけれど。よりによって今、その話はやめてー！

同時に背筋がぞくっとする。

……なに⁉　この冷気、振り返るのが怖いんですけど！

「あ、えと、でも私まだやりかけの仕事あるから……合コンはやめておくね」

「そうですか？　今夜は結構いいメンツですよ」

……ありがとう、ありがとうー。でも今、ここでこれ以上余計なことは言ってくれるな！

彼女には私の背後から漂う冷気がわからないのだろうか？

「凛」

ぼそぼそっとした彼女のささやきにかぶさるようにして名前が呼ばれた。

緊張から解き放たれ、帰り支度でざわめきはじめていた秘書課内が、ふたたびしんと静まり返った。

目の前の彼女は、なにが起きたのかわからずにパチパチと瞬《まばた》きをしている。

私はと言えば、ぴきっと氷のように固まるしかない。

……なんって、ここで名前を呼ぶの——⁉

冷や汗がたらりと脇を伝っていく。

「凛、残業がなかったら君は合コンに行く予定だったのか？」

うしろを振り返ることはできなかった。

でもアイスキングはそれを許さずに、私が座っている椅子をまわして自分のほうを向かせる。目の前には麗《うるわ》しい笑みを浮かべた須王がいて、私の両肩に手を置くと鼻先数センチまで顔を近づけてきた。

周囲からは、きゃあっと黄色い悲鳴が聞こえてきた。

「あ、いや、えと」

頭が一気にショートして、なにをどう対処すればいいのかわからない。

……合コンに行く気なんか、これっぽっちもなかったよ！　本当のことを言うのは気まずいし、仕方ないじゃん！　かと言ってここで言い訳なんかしたら、私たちの関係バレバレだよ！

「凛、答えろ」

「い、行きません！」

須王はにっこり笑い、私の背後の秘書の子に視線を向けた。それからゆっくりと秘書課内を見まわす。

「今後一切、凛を合コンに誘わないように。彼女は俺のものだ。いいな」

「は、はい！」

なぜか一斉に良い子のお返事がなされて、私はいたたまれなさと恥《は》ずかしさで消えてしまいたかった。

「大川、ファイルを各自に振り分けたら、そのまま帰って構わない」

「はい」

ひだまりちゃんは慌てて答える。

「それから合コンに行かずに済むよう、凛には残業をしてもらう。俺の部屋へ来てもらおうか」

異を唱えることも抵抗もできず、私は腕を掴《つか》まれて、プレジデントルームへと連行された。

ひだまりちゃんは、なんとも言えない曖昧《あいまい》な表情をして、私を見送ってくれた。

扉が閉まった途端、その向こうでわああっと騒ぎ声が聞こえたのは言うまでもない——

私はやっぱり、この男には逆らえなかった。

「残業がなかったら合コンに行くつもりだったのか？」

プレジデントルームの扉を背に、私は須王に壁ドンをされていた。

……こわっ、怖いよ！　なにが怖いって、ものすごい笑顔なのに、目は笑ってないのが怖いよ！

元々、須王は無表情だ。笑顔なんて滅多《めった》に拝めない。私は彼が怒る時は笑顔になるのだということを、今初めて知った。

「締め切りを延ばすよう言ってきたのは、合コンに行きたかったからか？」

「ちっ、違います！　合コンに行く気はまったくありませんでした。体《てい》のいい断り文句で使っただけです‼」

私は半泣きになりながら、言い訳を並べ立てる。

たかが合コンで、ここまで怒りを買うとは思ってもいなかった。

「ふうん」

「そっ、それより！　どうするんですか！　みんなに私たちのこと知られちゃいましたよ！」

そうだ！　怒りも露《あら》わな須王も怖いけど、月曜から会社に来るのも怖い。みんなの前であんなやりとりをすれば、どう考えたって誤魔化しようがない。

「別にいいだろう？　社内恋愛禁止なわけじゃないんだ。それとも君は俺との関係を秘密にし続ける気だったのか？」

彼はさらに顔を近づけてきた。

私はぐっと言葉に詰まる。曖昧《あいまい》な関係の時は絶対にバレるわけにはいかなかった。でも今は、正式に付き合い始めたから隠す必要はない。

……だからって、わざわざバラす必要もないでしょう！

「俺は自分のものに他の輩《やから》が集まるのは我慢ならない。虫よけは確実にする。それに、みんなにバレるのは時間の問題だった……大川はすでに気づいている」

「……嘘」

「嘘なもんか」

ひだまりちゃんに気づかれているなんて思いもしなかった。本気で恥《は》ずかしくてたまらない。

先輩秘書ぶっていろいろ指導していたのに、その私が上司と関係を持ってるなんてどうなんだ！

須王は、すっと私からメガネを取り上げた。

「君は本当に俺のツボをついてくるな。そんなに恥《は》ずかしい？　涙目で真っ赤になってうろたえている姿は、かわいすぎていっそいじめたくなるよ」

――「残業の時間だ」。

彼はそう呟くと私に唇を重ねてきた。

この男によって関係が暴露された上に、部屋に連れ込まれている。その時点ですでに手遅れなことはわかっていた。だからって周囲の憶測通りの行為をするわけにはいかない。

……『氷野さんと関崎さんはできているうえに、仕事が終わるとプレジデントルームで××している』なんて思われたくないー!!

「氷野さんっ……やっ」

「凛、名前」

彼の体を押して離そうとした手は呆気《あっけ》なく掴《つか》まれ、耳元で命じられた。甘い声でささやかれ耳朶《じだ》を舐められれば、体から力が抜けていってしまう。

「須王……だめっ。会社の人たちにっ！」

「今から合コンなんだろう？　君の交渉のおかげで残業もないんだから、みんなさっさと帰る。それに今更だ」

「今更でもっ……あっ、だから、やっ、だめっ」

「拒否の言葉は嫌いだ。さっきは『無理』を聞いてやったんだから、君も俺の『無理』を聞いてくれないと」

だって、さっきの無理は仕事じゃん！　私、関係ないよっ！

「ああ。でもここに関しては俺の言うことを聞いている。えらいな、凛」

スカートの裾から手を入れていた須王が嬉しそうに言う。昨日、ストッキングはガーターで吊ってこいと言われて、今日初めてガーターデビューした。ついでに色気のある下着も選ばされた。私は自分には似合わないから嫌だと言ったけれど『似合うか似合わないか判断するのは俺だ』と、わけのわからないことを述べてきた。だからストッキングは太腿《ふともも》の真ん中で途切れていて、彼の指が素肌をなぞる。肌をかする指先の動きだけで私はぴくりと震えた。

「大丈夫。君は安心して俺にすべてを委《ゆだ》ねればいい」

私は泣きそうな気分で、須王を睨《にら》んだ。でも、須王の指は簡単に下着に到達して、表面をこすっていく。

「須王……やんっ」

力が抜けて彼にしがみつく。

彼の指が触れている部分の下着が濡れ始める。とはいえ濡れたまま帰宅する羽目にはならない。私はいつからか替えの下着まで準備するようになった。さすがにそれは教えてないけど。

「会社ではやだっ！」

「それこそ、なにを今更」

そうだけど！　今更だけど！　それでも関係がバレた直後に、いくら業務が終わったからって、こんなところでこんなことやってしまったら立つ瀬がない。

「須王っ」

下着越しの鈍《にぶ》い刺激は、痛みがなくて緩やかだ。時折きゅっと押さえられて、布ごと指を中に入れられそうになる。そのたびに漏れた蜜で下着が濡れていった。

「直接触ってほしい？　下着、すごく濡れている。ほら、染みてきた」

「言わないでっ。あっ……んっ」

「望めばなんだってしてやる。凛のここに指を入れて、いっぱいかきまぜようか？　いやらしい音がするよ。それとも膨らんできたココがいい？」

……最悪だ。こんなふうになったら須王は絶対やめたりしない。

それどころかますます卑猥《ひわい》なことを言い出すし、言わせようとし始める。それは避けたい。

須王の腕の中で与えられる快楽に耐えながら、回避方法を模索《もさく》したけれど、いい案は浮かばなかった。だったら須王が望むままに振る舞ったほうが、まだ我が身が助かるかもしれない。

「須王……一度だけだよ。それ以上はダメ」

「ゴムなら、きちんと準備があるぞ」

前に一度、なくてできなかったことを悔やんでから、持ち歩いているのは知っている。でも言わなくていいよ！

「おうちでゆっくりがいいの！　会社は落ち着かない」

「そうか？　凛はいつ誰が来るかわからなくて落ち着かないこの状況で今、余計に感じやすくなっているると思うけど」

そんな推測いらないしっ。

「お願いっ、一度だけに、して。おうちでなら……言う通りにする、からぁ」

クロッチをよけて須王の指が入ってきた。くちゅっといやらしい音がすると同時に、中に溜まっていたものがつっと落ちていく。床にこぼれたのがわかって恥《は》ずかしくなった。

「約束だ。今夜はうちに来て俺の言う通りにしてもらうよ、凛」

「あっ、須王っ、声でちゃう」

「じゃあ、キスしようか」

声が出るのが怖くて、須王へキスをせがむ。彼はすぐに私の唇を塞《ふさ》いで舌を絡めてきた。出てくる喘《あえ》ぎが彼の口内に消えていく。

彼の指はいつの間にか二本入っていて、私の中でばらばらに動いていた。声は消せても水音は響く。まるで声の代わりに私が感じているのを知らせるように。

感じ過ぎて足が突っ張る。つま先立ちになって須王にしがみついてキスをして、私は彼に導《みちび》かれるまま床に雨を降らせていく。

「んっ……はぁ」

自分でも中が収縮して、須王の指を呑み込んでいるのがわかる。私の蜜は、かきだしてもかきだしても中から溢《あふ》れるようで、太腿《ふともも》に冷たいものが伝う。須王は私のいい場所に狙いを定め、そこを強く押し始めた。同時に膨らんだ場所も強くこする。

私は必死にキスで声を殺して、全身を震わせた。

――一度快楽の先に到達すると理性は失われる。

私は須王の腕の中で達した後、シャツのボタンを外されてブラをずらされた。そのまま机に押し倒される。

私はされるがままで、両足を折り曲げられた。須王は自分の準備を終えると、下着を横にずらして私の中に入ってくる。勢いよく奥を突かれて、私はまた軽く達した。思わず声が出そうになって両手で口を覆《おお》う。

「拒否していた割に……すごく濡れている。いいよ」

まるで淫乱だと言われた気がして、いやいやと首を横に振った。油断すると声が出るから、必死で唇を噛む。

「凜……俺は褒めている。乱れるのは俺のせいなんだから、俺は嬉しい。そのまま素直になれ」

「やぁ、声」

「ああ、声を出せないのはきついか。押し殺して耐える君もかわいいけどな。唇が傷つきそうだ」

須王は私の唇の噛んでいた部分を優しく舐め、キスを深めてきた。

胸の先をつまんでひねりながら、腰を打ちつけてくる。重厚な机はびくともしないけれど、それでも軋《きし》む音が聞こえてきた。

私の中は、抉《えぐ》られるたびに彼を奥へと引き込み、抜け出そうとされるたびに追いかける。自分の中が須王の動きに合わせて波打つようだ。貪欲に彼を包み込むいやらしい部分は、卑猥《ひわい》な水音をたてて喜びの声を上げる。

須王が一度達するまでの間に、私は何度となく小さく飛ばされ続けた。


「もう会社に来られないー」

私はぐずぐず泣きながら、ぽかぽかと須王の胸を叩いた。行為後のこの男は意外にマメで、自分の衣服を整えた後、私の服の乱れも直してくれる。

「それは俺との関係がバレたから？　それとも、ここでやったから？」

「どっちもだよ！」

私がぎっと睨《にら》みつけると、須王はにやりと笑みを浮かべた。反省の色なんかちっとも見せない男に腹が立つ。そして嫌だ嫌だと言いながらこの男の行為を受け入れた挙句、感じた自分にも腹が立つ。

「だったら会社にこなくてもいいぞ」

「……なにそれ」

「俺だけの専属秘書になればいい」

「専属秘書は……」

「大川は会社での専属秘書。君は俺のプライベートでの専属秘書。残業時間は一生だ」

須王の意味深なセリフに私は、ぱちぱちと瞬《まばた》きをした。

……それって、それって――!!

「給料は俺が体で払ってやる」

「………」

その提案は、嬉しいかどうか微妙なところだ。けれど私は須王に抱きついて、そして耳元でささやいた。

「……検討してあげる」

――会社では彼はCEOで私は秘書。

プライベートでは恋人――そしていつかは――?

曖昧《あいまい》な関係だった私たち――

でも、曖昧《あいまい》な日々にさよならした私たちには、「愛」も「未来」もきっとある。

エピローグ

こげ茶色のドアをノックすると穏やかな「はい」という返事が聞こえる。

「こんにちは」

「やあ、凛ちゃん」

日曜日の午後、私は溝口さんの病室を訪れていた。手術後すぐには面会に来られなくて、結局転院前日になってしまった。明日移動するせいか、特別室内はすっきりと片づけられている。

溝口さんはベッドから体を起こして、パソコンを前になにやら作業中だった。

「手術の成功おめでとうございます」

どういう言い方をしていいかわからなかったけれど、それしか思い浮かばなかった。大変なのはきっとこれからだけど、溝口さんは「ありがとう」と言ってくれた。

やつれた感じはある。でも顔色はさほど悪くないし、なにより表情が和《やわ》らいでいる。

病気が発覚してからも、彼は不安定さを見せたりはしなかった。もしかしたら私に見せなかっただけで、親しい人には弱音を吐いていたのかもしれないけれど。

「あの、これよかったら転院先で使ってください」

「気遣ってもらって悪いね。でもありがとう」

渡したのは、ブランケットだ。カシミアだから保温性が高いし、なにより軽い。痩せた肩にかけても負担にならないように選んだ。

溝口さんは中身を出して「いい色だね、使わせてもらうよ」と言った。

「凛ちゃん……少し雰囲気が変わったかな？」

「え？」

「いや、なんとなく、やわらかくなったというか女っぽくなったというか、おっとこれはセクハラになるかな？」

「なりませんよ、それぐらい」

即座に否定したものの、そんなふうに言われたのは初めてで恥《は》ずかしい。

でもこんなふうに昔と変わらずに話せることが嬉しかった。

――溝口さんに対して、そばにいられるだけで満足していた気持ちは、恋とは違っていたのかもしれない。

だって、須王のそばにいるのは、少しずつ苦しくなっていったから。

気持ちを抑えられなくなったから。

それから溝口さんは、明日の転院には翔太くんが付き添ってくれることや、転院先の病院のこと、その周辺の観光地に開拓の余地がありそうだとかいったことを話してくれた。

やっぱり彼の頭から仕事のことは離れないんだなと思う。

そうしている間に、こんこんとふたたびドアをノックする音がして、溝口さんが返事をする。誰が来たんだろうかと振り返って、私はぶるっと背中を震わせた。

「明日転院だとお聞きしましたので」

「氷野くん、忙しいのにわざわざありがとう」

会社では滅多《めった》に見せないよそゆきの笑みを浮かべて、須王が近づいてきた。彼が近づくごとに冷気が漂うのは気のせいじゃない。私は仕方なくお見舞い客用の丸椅子を引っぱり出して自分の隣に置き、彼にすすめた。

――須王は今日、予定があるのだと言っていた。だから私は、ちょうどいいと思って溝口さんのお見舞いに一人で来たのだ。ちなみに来ることは彼には告げずに……

「これをお見せしたくて」

須王は、紙袋から木箱を取り出した。蓋を開けて、中身を溝口さんに見せる。

それは老舗醤油屋《しにせしょうゆや》さんが東南アジアで販売予定のお醤油《しょうゆ》だった。現地の人の好みに合わせたものと、日本と同じもの両方を販売することになっていた。その際、現地の好みに合わせたものは、パッケージもそちら向けに変更したのだ。

「来月から向こうの店頭に並びます」

溝口さんが入院するまでやりかけていた仕事を、須王が引き継いで形にしたもの。

「そうか……そうか……」

溝口さんが本当に嬉しそうに深く呟く。

……須王が言っていた用事って、このことだったんだ。

私もしみじみと感動に浸《ひた》る。

溝口さんは二本のお醤油《しょうゆ》をじっくり眺めていた。

「氷野くん……会社を引き継いでくれてありがとう」

「いえ、私はただの繋ぎです。いずれはあなたの息子さんに任せたい。それまでにやれることをさせていただきます」

「いや……息子はどうなるかわからない。そういったことも含めて君に任せたんだから、自由にしていいんだ」

溝口さんはびっくりしたように慌てて告げる。私だって須王がそういう考えを持っていたなんて初めて知った。

須王は「いえ」と言って緩やかに首を横に振り、私をじっと見た。

……な、なに？

「その代わり、彼女のほうは遠慮なく私がもらい受けますので」

「はいぃ？」

「………」

私はがたがたっと椅子を鳴らして立ち上がった。この人、また余計なこと言ったよ！　よりによって溝口さんの前で！

溝口さんも目を瞬《またた》かせて、私と須王を交互に見ている。

「なっ……なにを」

「君は、俺の専属秘書だろう」

あ、ああ、そういう意味……いやいや、え？　この場合どういう意味？　どっちだろうと、ここは曖昧《あいまい》に濁《にご》す！

「そうですね！　専属ではないですけど、秘書ですね！」

だって私は金曜日の時、『検討してあげる』としか答えてないもの！

けれど彼は、じろりと私を睨《にら》んでくる。

俺に黙って溝口さんに会いに来たうえに、誤魔化す気か？　と言われている気がする……

「ははっ、そういうことか」

溝口さんがいきなり声を出して笑い出す。溝口さんはどうやら誤魔化されてはくれなかったようだ。

社内のみんなに対してといい、溝口さんに対してといい、私はかなり外堀を埋められているのではないだろうか。

「ええ、そういうことです」

明るい声で彼は答えていた。

「氷野くん、彼女は私にとって大事な娘みたいなものだ。会社も彼女のことも、よろしく頼むよ」

「溝口さん！」

「大事にさせていただきます」

二人だけで納得したように、ほほ笑み合わないでほしい！

けれど私はなにも言えなくて、結局顔を熱くして、すごすごと椅子に座り直すしかなかった。

大事な娘……

昔なら傷ついていた溝口さんのその言葉をすんなり受け入れられるのは、悔《くや》しいけれどこの男のおかげなんだろう。

そして私はいつかこの男の思惑通りに、彼だけの専属秘書になるのかも……しれない。

～大人のための恋愛小説レーベル～

ETERNITY エタニティブックス

ETERNITY エタニティブックス Rouge

エタニティブックス・赤

クールな彼が、妻限定でご乱心♥

年上旦那さまに愛されまくっています

栢野《かやの》すばる

装丁イラスト／黒田うらら

両親を亡くした春花《はるか》に救いの手を差し伸べてくれたのは、父の友人である、12歳年上の雪人《ゆきひと》だった。そして彼と春花は、双方にメリットがあるからと期間限定の結婚をすることに決める。その、戸籍だけの結婚生活が終わりを迎えるとき——。春花は玉砕覚悟で彼に告白した。春花はずっと、雪人を想っていたのだ。「抱いてほしい」と迫る春花に、雪人は……

※エタニティブックスは大人の女性のための恋愛小説レーベルです。ロゴマークの色で性描写の有無を判断することができます（赤・一定以上の性描写あり、ロゼ・性描写あり、白・性描写なし）。

詳しくは公式サイトにてご確認ください。
http://www.eternity-books.com/

携帯サイトはこちらから！

流月るる（るづき るる）
WEBにて恋愛小説を発表し続け、「イケメンとテンネン」で出版デビューに至る。日本酒とワインが好き。

イラスト：一夜人見

冷酷《れいこく》CEOは秘書《ひしょ》に溺《おぼ》れるか？

流月るる（るづき るる）

2018年 1月31日初版発行

編集－斉藤麻貴・宮田可南子
編集長－塙綾子
発行者－梶本雄介
発行所－株式会社アルファポリス
〒150-6005 東京都渋谷区恵比寿4-20-3 恵比寿ｶﾞｰﾃﾞﾝﾌﾟﾚｲｽﾀﾜｰ5F
TEL 03-6277-1601（営業） 03-6277-1602（編集）
URL http://www.alphapolis.co.jp/
発売元－株式会社星雲社
〒112-0005東京都文京区水道1-3-30
TEL 03-3868-3275
装丁イラスト－一夜人見
装丁デザイン－ansyyqdesign
印刷－図書印刷株式会社

価格はカバーに表示されてあります。
落丁乱丁の場合はアルファポリスまでご連絡ください。
送料は小社負担でお取り替えします。

ISBN978-4-434-24146-8 C0093